猫の目を借りたい

槙あおい

双葉文庫

目次

第一話

老弁護士

1

半年前、島村千鶴は仕事をなくした。

それを機に周囲から波が退くように人が消えた。知り合いからは何の音沙汰もない。もともと交友関係は広いほうではないが、こうなってみると、自分の存在の軽さにつくづく呆れる。ＬＩＮＥもメールも、届くのは広告ばかりで、今はもう通知音が鳴っても確かめなくなった。

アパートの部屋の中は常にしんとしており、気づけば寝るまで一言も喋っていない日もある。それで不便を感じることもなく、今は却って居心地がいいくらいだ。食事はウーバーイーツ、買い物はネットで事足りる。貯金が続く限り、このまま家に閉じこもって過ごせそうだ。一人で静かにしていれば、嫌なことに遭わずに済み、少なくとも罵倒されたりはしない。今の千鶴には、それで十分だ。

もっとも、いつまでもこんな暮らしができるはずはない。一生安泰に生きていけるほどの貯金はなく、早晩、仕事を見つけなければならないことは百も承知。

とはいえ、その元気がない。動き出そうと思うと、ネットで浴びせられた中傷や嘲りの言葉がよみがえり、目の前が暗くなる。比喩ではなく、実際に視界が翳るのだ。これではとても働きに出られない。だから、今はひっそり生きている。

そのうち頑張る。そう自分に言い訳しながら、いつの間にか誕生日を迎えて三十の大台に乗り、冬が来た。無職暮らしにも慣れて、この頃は昼と夜が逆転している。暇だとつい暗いことを考えるせいか、不眠にも悩まされるようになった。明け方まで悶々と眠れず、日が高くなった頃に起床するのが常。その途端、また一日が始まるのかと思う。

けれどその日常が破られた。

電話が来た。知らない番号だ。どうせ営業電話だと放置したものの、いつまでも鳴り止まない。よく見ると、見覚えのある市外局番だった。電話に出ると、受話器越しにざわめきが飛び込んできた。

女性がよく通る声で病院名を告げ、

「島村千鶴さんでいらっしゃいますか？　島村桔平さんのお身内の方ですね？」

千鶴の素性を確かめる。

「はい、姪ですけど――」

「突然すみません。実は島村桔平さんが外出中に倒れて、こちらの病院へ救急車で運ばれまして」

「え？　あの、倒れたってどういうことですか」

「今、ＩＣＵで治療にあたっているところです。病院へいらしていただくことはできますか」

電話の女性は説明を続ける。病院へ運ばれた桔平から、千鶴の連絡先を聞いて電話をかけたのだという。意識があるとわかり、幾分ホッとする。

「すぐ行きます」

桔平が運ばれたのは藤沢市内の病院だった。市外局番に見覚えがあったのは、亡き母の実家と同じで、そこに千鶴も一時期住んだことがあるからだ。叔父の桔平は六十三の今まで独身を通し、一人で実家を守っている。

マスクを着けて部屋着から外へ出ていける格好に着替え、バッグを摑み、コートを羽織って飛び出した。

歩いて十分ほどの駅まで走り、ちょうど入ってきた電車に乗り込む。平日お昼前の小田急線は空いていた。千鶴は一番端の座席に腰を下ろし、ふう、と息をつく。

こんな昼間に外に出るのは久しぶりだ。今さらながらそのことに気づき、急に落ち着かなくなる。千鶴はそれとなく目を伏せた。マスクを引き上げ、顔を隠す。同じ車両にいるのは年配の女性の二人組と、杖をついたお爺さんが一人。眼鏡をかけた大学生風の青年が一人。誰も千鶴なんて見ていないのに、それでも嫌な汗が出る。冬だというのに。

三十分ほど乗って、藤沢駅で降りた。陽が出ていても身を切られるように風が冷たい。千鶴は駅前のロータリーでタクシーに乗った。ちらとお金のことが頭をよぎったが、叔父の一大事だと考えないことにした。

幸いワンメーターで藤沢総合病院に着いた。勢い込んで総合受付で事情を伝え、エレベーターで四階へ向かう。

桔平はICUのベッドにいた。

「やあ」

千鶴を見て、バツの悪そうな顔をする。

「叔父さん――」

顔を見た途端、泣きそうになってしまった。桔平は左手に点滴の管をつけ、微笑んでいる。

痛々しい姿だけれど、ともかく桔平は無事だった。

ちょうど出てきた看護師さんを捕まえて聞いた。外出中に強い吐き気を催し、道でうずくまっていたところ、通りかかった人たちが救急車を呼んでくれ、到着するまで介抱してくれたのだそうだ。親切な人がいてよかった。もし家で倒れていたら、どうなっていたことか。不幸中の幸いで、助けてくれた人たちには感謝しかない。

看護師さんによると、容態が安定したから、夕方には普通の病室へ移れるという。面会時間は十分まで。患者の負担とならないよう、話は短めにするようにとのことだ。

「忙しいのにすまない」

傍に寄ると、枯平が半白で短髪の頭を下げた。

「そんなの気にしないで。叔父さんのところに駆けつけてこられてよかった。何があったの？」

「散歩している途中で急に気分がひどく悪くなってね。前後不覚になってしまった。でもまあ、親切な人たちのおかげで、すぐに病院で処置を受けられたから、今はもう平気だ」

「それならひと安心かな」

自分を励ますかのように言ってみたものの、枯平の顔色はあまりよくない。それに全体に痩せ、頬もこけている。

そう、久々に顔を合わせてみて、枯平が老けていることに千鶴は内心驚いた。以前の枯平は美術教師らしくお洒落で、その分若々しい印象だったが、さすがに六十歳を越えたせいか、そして具合が悪いせいか、今は年相応かあるいはそれ以上に見える。いくら本人が平気と言っても、とても楽観視する気になれない。

「入院するんでしょう」

「ああ。そうなるみたいだ」

「じゃあ着替えとか、用意して持ってくるね」

「ありがたい。そうしてくれるか」

「うん。付き添いもする」

「一人で平気だよ。仕事があるだろう」

ぐっと返事に詰まった。

「そんなこと気にしないで。叔父さんのことが心配だから、手伝わせてよ。大体、点滴のついた手で身の回りのことをするのは大変でしょう。身内なんだから遠慮しなくていいよ」

付き添いには慣れている。昔、母が入院していたときにも、千鶴が病院へ通って着替えをさせ、洗濯をした。病気で弱っている体でそうした細々(こまごま)としたことをすると疲れるから、来てくれて助かると、母は言っていたものだ。桔平にも頼ってもらいたい。

「申し訳ないな」

「全然。こういうときの身内でしょ」

「そう言ってもらえると、実にありがたいよ」

桔平は嬉しそうに顔をほころばせた。目尻の横に優しげな皺(しわ)が寄る。姉弟(きょうだい)だけあって、そういう表情をすると母の面影(おもかげ)がよぎる。

「すまないが、ぼくのことより猫の世話を頼まれてくれるか。入院している間、大変だけど、うちに来てフードをあげたり、トイレの始末をしてくれると助かる。さっきから、どうしようかと考えていたんだ」

「モナカのこと？」

前から桔平は白猫を飼っていた。緑色の瞳が綺麗な、雌猫だった。

「いや、モナカは去年死んだよ」

「そうだったんだ。ごめんね、何も知らずに」

体が弱っているところに無神経なことを訊いてしまい、千鶴は恐縮した。

無沙汰をしていたことが悔やまれる。しばらく前から千鶴は忙しさにかまけ、二年余り桔平のところへ顔を出していなかった。モナカがそんなことになっていたなら、無理をしてでも会いにくるべきだった。

「急な病気でね。あっという間だったんだよ。今回世話を頼みたいのは、モナカの子で、ユキっていうんだ」

「女の子か。いくつ？」

「二歳だよ」

「まだ若いね」

「人間だと中学生くらいかな」

「じゃあ反抗期だ」

「反抗期って――。なめ猫じゃないんだから」

「何それ」

千鶴がキョトンとすると、桔平は苦笑いした。

「ごめん、古かったな」

昭和の時代に、ツッパリの格好をした猫が人気になったことがあるのだそうだ。へえ。ツッパリ自体、見たことないけど、それって可愛いんだろうか。

「わたしにできるかな」

「おとなしい子だからね、大丈夫だよ。フードと水をあげて、トイレの片付けをしてくればいい」

「フードは一日何回なの？」

「一日二回。朝と夜にあげてくれ。シンク下にフードの入った瓶があるから、それを皿に入れてやればいい。ユキ用のボウルは流しのところだ。分量は一回当たり五十グラムくらいかな。ぼくは目分量であげてるけど、慣れるまでは秤(はかり)を使ってくれるか。肥(ふと)ると、病気をしやすくなるからね」

中々細かいな――。命ある生きものだから当然だけれど。忘れないよう、千鶴はスマートフォンに教えられたことをメモした。

「あと、たまに無脂肪ヨーグルトをやってくれるか。好物なんだ」

「そんなものも食べるの？」

「うん。冷蔵庫に買い置きがあるから。千鶴も食べていいよ」

話を聞いていると、枯平がすごくユキを大事にしているのがわかる。

「無理な頼みでごめんな。仕事はうちでもできるかい？　行き来するのは大変だろうから、千鶴さえよければしばらく泊まったらどうだ。もし難しそうなら、ペットシッターを頼むよ」

「そういう知り合いがいるの？」

「今から探すさ」

淡々と言っているが、枯平は困っているはずだ。ネットを使えば入院中でも探せるかもしれないけど、顔も知らない相手にペットを託すのは不安に決まっている。

「大丈夫、任せて。わたしがお世話するよ。他には？　気懸かりなことがあったら教えてよ。わたし引き受けるから」

「そうだな――。もし留守中に誰か訪ねてきたら……いや、何でもない」

「誰か？　お客さんが来ることになってるの？」

「そういうわけじゃないんだ。まあ、たぶん来ないだろうから、いったん忘れてくれ」

「ふうん、わかった」

何だろう。歯切れの悪さが気になるけど、問い返す暇はなさそうだ。

もう面会時間は残り少なかった。看護師がこちらを見ているのを横目で感じる。枯平の体も心配だ。話はこれくらいにして、そろそろ引き上げたほうがいいみたい。

「じゃあ、今からユキの様子を見にいくよ。お言葉に甘えて叔父さんが入院している間、泊まらせてもらうね」

桔平の家までドアトゥードアで一時間弱。通いは少々きつい。

「もちろん」

桔平は安堵した顔を見せた。

「何でも好きなように使ってくれ。世話代も払うよ」

「お金なんていらないよ。それより入院費の支払いとかあるでしょう。通帳とかの場所を教えてくれたら持ってくるよ」

「ありがとう、今度持ってきてもらおうかな。財布は手許（てもと）にあるから、当座の金の心配はいらないけど。千鶴への世話代は払うさ。いくら身内でも、こういうことはちゃんとしないと」

「その話はまた今度ね。とにかく今はゆっくり休んでよ」

桔平がうなずくのを見届けてから、千鶴は家の鍵を預かり病室を出た。

安請け合いだったろうか、と今になって気に懸かる。留守番ならともかく、生きものの世話となれば責任の重さが違ってくる。でも桔平の困っている顔を見たら、引き受けずにいられなかった。頼れるのはわたししかいないんだし、大好きな叔父の頼みだから。よし。

桔平が回復するまで、どうにかやってみよう。

病院から出ているバスに乗って、千鶴は桔平の家に向かった。子どもの頃いっとき住んでいたこともあり、勝手知ったる家だ。父と離婚したばかりの母と二人で三カ月ほど厄介(やっかい)になったのだ。

病院から五つ目の停留所でバスを降り、五分ほど歩くと路地の奥に懐かしい家が見えてくる。

庭に囲まれた、二階建ての古い日本家屋。家の周りは苔むした石塀で囲われ、黒い鉄製の門がついている。最後にここへ来たのは祖母のお葬式の時だ。

祖母が亡くなって以降、桔平はこの家で一人暮らしをしてきた。倒れられてみて後悔する。父親と疎遠の千鶴にとって、桔平は大事な叔父だ。気を許せる唯一の身内と言っていい。もっと頻繁に行き来しておけば、こうなる前に体調の悪さに気づけたかもしれない。

そんなことをグジグジと考えつつ、門の前でバッグから預かった鍵を出そうとしていたところへ、いきなり声をかけられた。

「ひょっとして、島村千鶴ちゃんかい?」

濁声(だみごえ)に驚いて振り向くと、強面(こわもて)のおじさんがすぐ傍にいた。

「は、はい」

鋭い眼光に射貫かれ、思わず身を縮めてしまう。

達磨――？

太い眉とぎょろ目の迫力がすごい。大きな人だ。軽く百八十センチを超えているだろう。白髪交じりの角刈りで、黒いナイロンのジャンパーにベージュの太いチノパンを身につけている。ただでさえ圧倒される見た目の上に、大型犬を連れているのがまた怖い。

「やっぱりそうか。一目見て、きっとそうだと思ったんだ。どうも、どうも」

おじさんは顔の怖さとは裏腹に、妙に親しみの籠もった口振りで話しかけてきた。千鶴の名を知っているけど、誰だろう。ひょっとしてネットに出回っている写真を見たのだろうかと思うと、心臓がどきりとし、体が強張る。

これが怖くて、千鶴は外に出られなくなったのだ。

「さっき島村さんから電話をもらったんだよ。入院することになって、姪がしばらく留守番をしにいくから、よろしくってね。びっくりしたけど、電話の声は割合元気そうで安心したよ。うん、雰囲気が似てるな。ああ、わたしは隣の家の住人でね、高井戸重雄です。こんな顔だけど怪しい者じゃないから」

そこまで一息にまくしたて、ははは、と高井戸と名乗った男は大きな口を開けて笑った。その声に合わせ、傍らの犬がわんわん吠える。

なんだ――。

安心して気が抜けた。ネットの件は杞憂のようだ。

「これ、マロン。静かにしなさい」

重雄が窘めると、犬はたちまちおとなしくなった。よく躾がされている。大きな体に一瞬びっくりしたけれど、あらためて見ると、キャラメル色の毛がふかふかした、愛嬌のある子だ。マロンなんて可愛い名前も、意外に合ってるかも。

「すまないね、散歩に出るところだったもんで焦れたようだ。こう見えてもまだ一歳でね、子どもなんだよ」

マロンは太い尻尾を振っている。

「へえ、一歳でこんなに大きく育つんですか」

「よく食べて、よく眠るからな。どんどん育つんだ。今にもっと大きくなる」

自分の噂をされているのがわかるのか、マロンの耳がこっちを向いている。呑気そうに舌を出している顔がまるで笑っているみたいだ。

「じゃあ失礼する。当分島村さんのところにいるんだろう？」

「はい。そのつもりです」

「それなら、後であらためてご挨拶に伺おう」

快活な調子で一方的に話を締めくくり、傍らの犬を見下ろした。

「いえ、そんな。こちらから伺いますので――」

「行くぞ、マロン！」

かぶりを振って遠慮したものの、重雄の威勢のいい掛け声にかき消された。マロンはピンと尻尾を立てた。ようやく散歩に出かけられるのが嬉しいのか、ひと声吠えてついでに千鶴にも尻尾を振ってみせる。

「ようし、いい返事だ」

重雄と犬は連れ立って去っていった。

威勢のいい人だなあ――。

親切そうだけど、ちょっと苦手かも。勢いがあり過ぎて。

千鶴がマスクを着けているのは、感染対策というよりは顔隠しのため。外へ出るときには必ず着用する。いつしか、そうしないと一歩も外に出られなくなってしまった。知らない誰かに島村千鶴だと見破られないかと、常にびくびくしている。

自分でも被害妄想だと承知しているけれど、人と目が合うだけで嫌な汗が出るのだ。病院では適応障害と言われ、薬も飲んでいる。

お隣りさん、新しい人になったんだな。

昔、母と千鶴が居候したときは、お年寄りのご夫婦が二人で住んでいた。

お隣りの家は庭を広く取り、塀の向こうには青々とした松が見える。二階建ての、頑丈そうな家だ。いかにも、さっきのおじさんの住まいという感じがする。

重雄の歳はおそらく枯平より少し上で、六十代半ばくらいか。平日の昼間に犬の散歩に出かけるということは、もう仕事は引退しているのだろう。

想像はそこまでにして、なるべく関わらないようにしておこうと、千鶴は思った。重雄が枯平の隣人とわかってもなお、心臓が嫌な感じに昂ぶっている。千鶴は大きな声を出す人が苦手なのだ。

2

ドアを開けると、懐かしい匂いがした。

畳の匂いもする。玄関から見て右手が六畳の和室で、左は八畳の洋間（ようま）。廊下の先には板敷きのリビングがある。

「お邪魔します」

一応、声をかけてから家に上がった。千鶴はそろそろと歩いた。家の中は物音一つせず、しんとしている。

六畳の和室にも、洋室にもユキはいなかった。コートを脱いで、リビングへ向かう。ふと爪先（つまさき）が軽いものを蹴った。見ると、ピンクと緑の羽根の尻尾がついた鼠（ねずみ）のおもちゃだ。

廊下の先に、いつの間にか白くてふわふわした猫がいた。主が入院しているとも知らずに、行儀よく前肢（まえあし）を揃え、ちょこんとお座りしている。一瞬、縫いぐるみと見紛（みまが）いそうなほど可愛い顔をしている。

「ユキ。はじめまして」

想像していたよりずっと器量よしで、思わず頬が緩む。

「おいで」

屈み込んで手を伸ばすと、ユキはさっと身を翻(ひるがえ)した。すばやく千鶴の脇をすり抜け、どこかへ消える。あっという間で、追いかける暇もなかった。

残念な気もするが、あの子にしてみれば千鶴は闖入者(ちんにゅうしゃ)だ。自分の縄張りに突然知らない人があらわれたのだから、逃げるのが当たり前か。猫だもの。下手に追いかけず、そっとしておいたほうがよさそうだ。

リビングから続くキッチンに入ると、シンクの横に金魚鉢みたいな形の白いボウルとピンクの深皿が置いてある。ボウルは水、深皿はフード用だろう。深皿は手作りのもののようだ。

あ、これ。前に母と居候していたときにもあった。

懐かしさを胸に、千鶴はボウルの水を入れ替え、カウンターの先の台所のシンク下にしまってあったフードを秤で量って、ざらざらと深皿に入れた。

それでもユキは出てこない。千鶴はリビングから退散し、六畳の和室に移った。畳の上に正座し、息を潜める。猫は警戒心が強い動物だと聞いたことがあるが、ユキを怖がらせているのが申し訳なかった。さっきの重雄ではないけれど、怪しい者ではないのだと伝えて安心させてやりたい。が、どこに隠れているのか、ひっそりと気配を消している。

とりあえず着替えを用意することにして、二階にある桔平の部屋に行った。

ここも昔のままだ。ライティングデスクとベッドがあるきりの殺風景な部屋は、いつも整理整頓されていた。

デスクに面した窓はカーテンが開いていた。当たり前だが桔平は、用事を済ませたら普通に帰宅するつもりだったのだ。まさか救急車で運ばれる羽目になるとは、想像もできなかったことがあらためて思い起こされる。

千鶴はクローゼットから肌着やタオルを適当に見繕い、紙袋に詰めた。その後、一階のトイレに入ったとき、すぐ近くに白いプラスチックの箱があるのに気づいた。ドーム形で透明な扉がついている。中には小さな木片のようなチップが敷きつめられ、スコップが横に立てかけられている。あ、これがユキのトイレだ。スコップで砂をかき混ぜると、丸いチップの塊が出てきた。

なるほど、チップが水分を吸って固まっているのか。臭いも気にならない。最近のペットグッズはよくできている。さて、フードを入れて、トイレの始末もした。これでしばらく、ユキが困ることはなさそうだ。

「叔父さん入院しちゃったから着替え持って病院へ行ってくるよ。また帰ってくるからね」

出かける前、姿の見えないユキに向けて声をかけた。返事はなくても、一応ね。これから一緒に留守番する仲なわけだし。家を出る前に振り返ると、ユキがいて、こちらを窺っていた。リビングのドアに隠れているつもりらしいが、耳の先が覗いている。可愛い。けれど、千鶴の視線を感じたのか、すぐに引っ込む。

ふたたびバスに乗って病院へ戻ると、桔平は寝ていた。やっぱり、さっきたくさん喋って疲れちゃったのかな。千鶴は着替え類の入ったバッグをベッドの脇に置き、病室を出た。病院の正面玄関を出て、またバスに乗り込む。暖房の効いた座席に腰を下ろすと、根が生えたようにグッタリする。日頃体を動かしていないからだ。

バスを降り、近くのコンビニへ寄った。雑誌コーナーを覗くと、猫の表紙に目が留まる。月刊で出ている猫の飼い主向けの雑誌だ。昼食用のおにぎりと一緒にレジへ持っていく。

家に戻り、リビングを覗いても、やはりユキはいなかった。トイレも使われた形跡がなく、フードも食べた様子がなくてがっくりする。やっぱり警戒しているのかな。ごめんね。自分の家なのに、慣れない千鶴のせいで排泄や食事を我慢しているのだとしたら、これまた申し訳ない。

炬燵に入り、コンビニで買ったおにぎりで簡単に食事を済ませた後、さっそく雑誌を広げた。猫は意外と表情豊かな動物のようだ。つんつんしているイメージがあるけれど、中には甘えん坊で飼い主と常に一緒にいたがる子も多いのだとか。

へえ、と思いながらページを繰っていると、ふと視線を感じた。目を上げて、思わず「ひっ」と息を吞む。目の前に白髪の老人が立っていた。

「すみません、おくつろぎ中、突然お邪魔いたしまして」

老人は丁寧に頭を下げた。

誰——？

声が出ない。

「もしや、あなたが仲介役の方ですか」

ゆったりとした口振りで、老人は話し出した。

ちゅ、仲介役って、何のこと——？

この人、いったいどこから入ってきたのだろう。ひょっとして家に着いたとき、鍵を締め忘れたのかもしれない。きっと泥棒だ。いや、住人がいるところへあらわれたのだから、強盗だ。

「そうですな？　あなたには、わたしの姿が見えておいでのようだ」

「え？　え、えっと、それはどういう意味で、すか——」

千鶴はしどろもどろで答え、目を見開いたまま、後ろに手をついた。誰かわからず、何の話をされているのかもわからず、距離を空けたいのに腰が抜けて立ち上がれない。老人ている。

は困惑したように首を傾げた。両脇に手を下ろした姿勢で直立したまま、千鶴の顔を眺め

だが、強盗にしては品がいい。無理に近寄ってくる気配もない。おかげで徐々に冷静さが戻ってきた。質問を重ねる。

「あの、あなたは、ど、どなたですか」

老人は仕立てのいいグレーの背広に臙脂色のネクタイを締めていた。左胸にはひまわりを象ったくすんだ金色のバッジが光っている。

弁護士さん――?

いや、そうとは限らない。だって本物のバッジかどうかわからないし。ていうか、弁護士だろうと何だろうと、いきなり人の家に入ってくるなんておかしい。

老人は辺りを見渡した。誰かを探しているふうに首を巡らす。

「ふーむ。その感じですと、どうもあなたは仲介役の方ではないようですね」

老人に問われ、千鶴は首をガクガクさせてうなずいた。

「わ、わたしは、ただの留守番です」

「なるほど、そうでしたか。失礼いたしました。どうやら人違いをしたようです。わたしの姿が見えているようなのでてっきりそうかと。驚かせてしまって、まことに申し訳ありません」

詫びると、老人はゆっくり出ていこうとした。

どういうこと――？　わたしの姿が見えるって何……え⁉

痩せた背広姿が透けて、向こう側が見えている。なぜこの人の向こうの景色が見えるの。

老人はリビングの出入り口で立ち止まると、振り返って頭を下げた。やはり姿がうっすら透けている。

どう考えても普通ではない。目の前で起きたことが受け入れがたく、頭が混乱する。――瞬きしたら消えるのではないかと何度目をしばたたいても、老人は消えなかった。

これは間違いない。この人は泥棒でも強盗でもない。幽霊だ。

老人が視界から消えた後に、恐る恐る玄関に行ってドアを確かめると、きちんと鍵が掛かっていた。

ひっそりと静まり返った家で一人、千鶴は首を振った。

ちがうちがう。疲れているせいだわ――。

この家に幽霊が出るなんて聞いたこともないし。急に叔父さんが倒れたり入院したりして、びっくりしたから、きっとおかしなものが疲弊した頭の中にあらわれたのだ。こういうときは早めに休むに限る。

*

(今回のことは本当に残念です。いつから、やってたんです?)

すくい上げるような目をして、編集者の瀬川(せがわ)が訊く。

本当にやっていないのだと、千鶴が必死に言いつのっても、まるで聞き入れてもらえない。これまで何度も訴えてきたが、いつもそうだった。

(実際、証拠があるわけですから)

瀬川は四十過ぎの、出版社の中でも相当癖のあるほうの男だ。

顔の彫りが深く、いつも小洒落(こじゃれ)た服を着ている。色つきのシャツに、袖口にはキラキラしたカフスボタンをつけている。瀬川を見るたび、自分に自信がある人なのだろうと思った。仕事もできると評判で、そんな人と取り引きできるのはありがたい話なのに、打ち合わせで向き合うと、いつもただ叱られている気になった。声がとにかく大きく、早口で、畳みかけるような話し方をする。

千鶴のことは嫌いなタイプなのだと思う。きっと自分と対照的に声が小さく、反応が鈍いところが苛(いら)つくのだ。学校に通っていた頃にも、教師や目立つタイプの同級生に似た態度を取られていたから、察しがつく。

（結局、あなたには自分の絵がないんです）

瀬川の声はどんどん大きくなる。何も言えない千鶴が面白いのか、調子づいて歌い出す。こいつは駄目だと、ひどい台詞に節をつけ、まるでミュージカルのように。興が乗って、しまいには立ち上がり、踊り始める。

もう止めて――。

思わず耳を塞いだとき、はっと目が開いた。

視線の先に、木彫りの欄間が見えた。その先を辿り、右へ目を移すと神棚がある。一瞬、どこへ迷い込んだのかと思い、身を起こすと、分厚い綿布団がずり落ちた。

そうだ。桔平の家にいるんだった。昨夜は睡眠導入剤を飲み、早々に休んだ。またあの不可思議な老人があらわれるのではないかと思うと、とても起きてはいられなかったのだ。よく寝られたと我ながら感心するが、それにしても嫌な夢を見たものだとぼんやり考えていて気づいた。

窓の向こうから音楽が聞こえてくる。溌剌とした声に、一気に現実へ引き戻される。

――ラジオ体操⁉

これのせいで、おかしな夢を見たのか。そうだ、歌って踊る瀬川の姿など、まず現実ではお目にかかれない。まったく、何て夢だ。誰が流してるんだ、いったい。

柱時計を見上げると六時半。障子窓の向こうは薄暗い。もうすぐ師走を迎えようという今の時期、明るくなるにはまだ間がある。

こんな時刻に近所迷惑な、と思いながら障子を細く開けてみると、暗い隣家の庭で、ジャージ姿の大柄なおじさんが元気よく腕を振り回しているのが見えた。重雄だ。傍らに、これまた大きな犬が行儀良くお座りしている。マロン、お行儀がいいねえ。太い前肢を揃え、ご主人を見守っている。

障子を閉め、ため息をついた。健康的なのは大いに結構だけれど、外でやるならもっと控えめな音でやってもらいたい。千鶴は綿布団にくるまり、障子窓に背を向けた。

数分の辛抱だ。ラジオ体操なら、すぐに終わる。

そのまま聞いているうちに、ふと小学生時代の夏休みを思い出した。運動音痴で早起きの苦手な千鶴はラジオ体操が嫌いだった。やっとの思いで行っても、みんなと同じようにしているつもりが、気づけば一人だけ逆に腕を振っていることもしばしば。たかがラジオ体操だと大人になった今は思うけど、子どもの頃は朝から決まり悪い思いをしたものだ。

布団から出て、また窓に寄って見てみると、重雄はテレビ番組に出てくるお手本のような動きをしていた。朝からラジオ体操をするのは健康的で正しい生活習慣だと思うものの、どちらかといえば夜型の千鶴には向かない。ああ、この人はやっぱり苦手だ。

寝起きの頭ではついていけない速さで、滑らかに体操は進んでいく。聞くともなしに聞いているうち、ついに寝ているのが馬鹿らしくなって、千鶴は起きて布団を畳んだ。

リビングへ行くと、フードが減っていた。千鶴が寝ている間に食べてくれたのだ。ユキは相変わらずどこかに隠れているが、少しでも食べてくれたと思うとほっとする。千鶴はフードを足し、ボウルの水を入れ替えた。

そんなことをしているうちに、ラジオ体操が終わってくれた。途端に辺りはしんと静まり返る。ユキはいまだにあらわれない。音もしなければ、気配もない。

ふと、品のいい背広姿の老人が頭に浮かんだ。

そうだ、幽霊――。

ラジオ体操に翻弄(ほんろう)されて一端忘れていたが、昨日この家には幽霊が出たのだ。白髪の老人はおそらく七十歳くらい。弁護士のバッジをつけていた。

不思議なもので、朝になれば、恐ろしさは薄れていた。幽霊といってもおどろおどろしさはなく、穏やかな紳士だったからかもしれない。とはいえ、また出てきたら怯えると思うけど。あの老人は誰かを捜しているみたいだった。確か、仲介役と言っていた。もしかして、枯平が、留守中に誰か訪ねてきたらと言っていたのはあの人のことだろうか。――まさかね。だって、あの人幽霊だし。でも一応、枯平に話してみよう。何か知っているかもしれないから。

せっかく早起きしたのだ。今日はいったん自分のアパートに戻り、自分の着替えや洗面道具といった身の回りのものを持ってくるとするか。近場で新しいものを買えば手軽だが、お金を使うのはなるべく控えたい。

さっと荷物をまとめて、その足で病院に行けばちょうどいい。桔平が朝食を済ませた頃に到着するはずだ。昨日持っていったものの他にも必要なものがあれば、訊いて用意しよう。

3

意気込んで出かけたのに、桔平には会えなかった。

アパートから運んできた荷物を手に、病室に入ろうとした千鶴は看護師に止められた。今はＩＣＵに移って治療を受けているところだという。

「先程、容態が急変したんです」

朝の回診に来たら、意識がなかった。強い吐き気を催したのか、枕もとには戻した痕があったそうだ。夜の回診では異常が見られず、容態が変わったのは明け方と思われる。

ＩＣＵから出てきた医師は難しい顔をしていた。千鶴が姪だと申し出ると、診察室へ呼ばれた。そこで桔平が重い腎臓病であり、予断を許さない状況と知らされた。

「わたし、持病があることも知らなかったんですけど」

急転直下の状況に頭がついていかない。思っていた以上に桔平の病状が深刻で心臓がばくばくしている。

「ご本人はご存じでしたが――。しばらく意識が戻らない可能性もあります」

「そんな。昨日は普通に話せたのに」

「透析をしている患者さんには、ときおり起こることです」

血圧の調整がうまくできないときや、重い貧血症状のときに、血圧が下降するのだという。昨日もそうで、幸い発見が早く、病院で処置できたから症状が改善された。今回も同じ処置を施したと医者は言う。

「しばらくすれば、意識は回復しますか」

「おそらく。しかし、断言はできません。何しろ島村さんは重症なので」

つまりは重度の腎不全なのだと、医者の説明で千鶴はようやく理解した。

顔色が悪く見えたのも道理。桔平の腎臓はほとんど機能していないのだそうだ。むしろ、これまで倒れなかったのが不思議なくらいだと言われ、千鶴は動揺した。昨日、「ひと安心かな」なんて軽く言った自分が情けなくなった。叔父さん――どうして一人で我慢していたのだろう。透析のこと、知らなかった――千鶴では頼りなくて、相談相手にならなかったということか。

「最善は尽くします」

医師は慎重な口振りで言い、外来の時間だからと話を打ち切った。

診察室を出た後、千鶴はのろのろと正面入り口から病院を出た。バスは少し前に出たところだった。時刻表を見るとあと十分、ここで待たなければならない。北風に晒(さら)されたベンチに座り、千鶴は深く息をついた。荷物を入れたボストンバッグを脇へ置く。

母が長く入院していたから、医師のああいう冷静な物言いには慣れている。常に最悪の事態を想定し、患者やその身内を楽観させないよう意識していることも知っているつもりだ。だから、今日明日どうにかなるわけではない。桔平の症状が改善する見込みも、おそらくゼロではないのだと、自分なりに医師の言葉を解釈している。

でも。万が一のことがあったら。

どうしても悪いことを考えてしまう。十九歳のときに母を病気で亡くした千鶴は、こうしたとき、いい可能性より悪い可能性にとらわれがちだ。願っても叶わない望みがあると、身をもって知っている。

昨日会った桔平の顔を思い出すと、胸がきゅっと痛くなった。まさかそれほど重病とは。具合の悪さに悲鳴を上げそうな中で無理して笑顔を作ってくれていたのか。

千鶴は桔平にとってたった一人の姪。子どものときから、ずいぶん可愛がってもらった。絵を教えてくれたのも桔平だ。居候していたときには、美術館にも連れていってもらった。千鶴が絵を描くようになったのは、桔平のおかげなのだ。もしこのまま旅立たれたらと思うだけで涙が出そうになる。

引っ越してこようか。

千鶴は思った。ユキのためだけでなく、桔平の世話をするために。病院へ通うにはそのほうがいい。無事に桔平が退院した後も、同じ家に住めば、何かと世話ができる。

幸いというか、千鶴は独り暮らしで、住んでいるのも賃貸アパートだから身軽だ。どのみち無職の状態では、いずれもっと家賃の安いところへ越さなければと考えていた。いい機会ではないか。気づけば三十路。仕事をなくし、環境を変えるときが来ているのかもしれない。きっと桔平は退院できる。その暁には、これまで無沙汰をしたお詫びに看病したい。料理はあまり得意ではないけれど、とりあえず出来合いのものより体にいいだろう。独り暮らしをしてきたから掃除や洗濯も慣れている。もっとも、桔平が了承したらの話だけれど。

そんなことを考えているうちにバスが来た。窓の向こうに広がるのは、昔ながらの町並みだ。お洒落なカフェや高層ビルがない代わりに、広々とした車道の脇にはよく茂った桜並木がある。今は葉も落ちきっているが、春になったら見事な花を咲かせるだろう。

この辺りなら運転ができたほうが便利そうだ。桔平の家に暮らすことになったら、中古の軽自動車でも買おうか。桔平の家の駐車スペースには古い型の外国車が停まっているけれど、ずっとペーパードライバーだった千鶴には乗りこなせそうにない。

何にせよ、今は回復を祈るばかり。すぐには難しくとも、蕾がふくらむ頃までには退院できるといい。冬枯れの桜並木を眺めながら、千鶴は思った。

アパートからは、ニットやシャツなどの普段着数枚と、下着類とスニーカー、洗面、化粧道具を持ってきた。どれも何年も使い続けているものだ。あとはスケッチブックと鉛筆。ノートパソコンは置いてきた。千鶴はもとより物欲が薄く、荷物が少ない。一度買ったものを大事に使うのは母譲りだ。ものにも命があるのよ、と常に言われていたから、体に染みついているのだと思う。

今も母の形見がいくつもある。荷物を入れたボストンバッグもその一つだ。ナイロン製で軽く容量も大きいから、枯平の着替えを病院へ運ぶのに重宝するだろう。

バス停からの道を歩く足取りが我ながら重い。やっと枯平の家に着いたときには思わず大きく息をついた。

「千鶴ちゃん」

いきなり声をかけられ、びくりとする。

「どうしたんだい、ため息なんてついて。島村さんの具合、どうかね」

隣人の重雄だった。庭の手入れをしていたらしく、もみじの木の横で脚立に乗り、剪定鋏を手にこちらを見ている。

「こんにちは」

愛想笑いを作った。そうだった。この家にいたら昔ながらの近所付き合いがあるのだ。

アパートでは隣人と顔を合わせても素通りするだけだが、重雄はごく普通に話しかけてくる。

「大荷物だね」

「ちょっと自分のアパートまで、荷物を取りに」

「そうかい。急にこっちで暮らすことになったから、いろいろ大変だろう。手伝おう」

重雄は脚立を下りてきた。相変わらず声が大きい。早朝からラジオ体操をする人だけに、元気が有り余っているのだ。剪定鋏を持っているから余計に怖い。

「いえ、大丈夫です。庭木のお手入れですか」

「ああ。落葉樹は、冬に剪定すると負担が少ないから。熊なんかと同じで、木も寒い時期は冬眠するんだよ」

「そうなんですか、知らなかった」

「前は庭師に頼んでおったのだがね、もう定年して暇だから。ためしに自分でやってみたんだ。でも、駄目だな。傍(はた)で見ている分には簡単そうだが、実際してみると違うもんだ。餅は餅屋と言う通り。素人の手には負えん」

腕組みをして、もみじを見上げる。

思った通り、重雄は六十過ぎで定年を迎えてずっと家にいるらしい。朝早くからラジオ体操をしているのも、庭木の手入れを自分でしているのも、時間に余裕があるからなんだろうな。桔平の家に暮らす限り、重雄との付き合いは避けられない。それが少々憂鬱だ。

「仕方ない。また庭師を頼むさ」

マロンはまたちょこんと重雄の傍にいた。庭仕事をしているご主人の邪魔にならないよう、おとなしくしている。太眉にぎょろ目の大男で、見た目は怖いものの、重雄はきっと親切な人だ。マロンも飼い主に信頼を寄せているみたいだし。

そんな親切な隣人を面倒に思う自分が情けなくもあるが、その実、世間話をかわすだけで冷や汗が出る。失礼のないよう笑みを浮かべたつもりでいるけれど、顔は引きつっているに違いない。

そう。重雄は編集者の瀬川に似ている。濃い顔の造作や声が大きいところが。だから、今朝も瀬川が夢に出てきたんじゃないのか。もう忘れてしまいたいのに。

「そんなことより、千鶴ちゃん。どうかしたかね。顔色が悪いぞ」

「いえ、何ともないですよ」

千鶴は掌で頰を押さえた。驚くほど冷たい。血の気が失せている。

「そうか？　貧血でも起こしそうに見えるが」

「大丈夫です。バス停から急ぎ足に歩いてきたせいか、息が上がっているだけで」

「すぐ目と鼻の先じゃないか。それで息が上がるなんて、運動不足だよ。何なら、わたしと一緒に朝のラジオ体操をするかい」

「そうですねえ。――もし早起きできたら」

「おっ、乗り気だな」

いえいえ。乗り気じゃありません。

「じゃあ、さっそく明日からでも」

「明日はちょっと。叔父さんの病院に行くかもしれませんし」

「ラジオ体操をするのは早朝だよ。運動不足を解消するにはぴったりだぞ。真面目にやれば、結構汗もかく」

強引だなあ。

重雄はどうしても千鶴をラジオ体操に引き込みたいらしい。のらりくらり躱(かわ)しても、本音を探るように、千鶴の顔にぴたりと目を据える。怖いってば……。まあ、実際やってみれば気分も変わるかもしれないけど。

「早起きできたら、ぜひご一緒させていただきますね」

「よし、わかった。病人の看病には体力が要るんだから、頑張らないとな。何か不便なことがあれば、遠慮せず言いなさい」

「はい。お気遣いありがとうございます」

「ああ、それからこれも言っておかないといかん。この界隈も近頃は物騒でね。不審者が出ることがあるんだ。夜はあまり出歩かないほうがいい。何かあったら、すぐに教えなさい」

急に心細くなる。白髪の老人を思い出し、あの人が泥棒ではなく、霊でまだましだったとまで、一瞬考えてしまった。

「どうしたんだね、黙り込んだりして。もしや不審者を見たかね」

また重雄が鋭い眼光になった。眉間に力が入っている。

「いえ、見てません」

「本当かい」

「は、はい。本当です」

「ならいい」

眉間の力を緩め、重雄があっさりと言った。

「これからよろしく頼むよ。隣同士、わたしも力になるから、何なりと言ってくれよ」

「ありがとうございます。では、失礼します」

「ほいほい。またな」

にっと歯を剝き、片手を額につけて敬礼のポーズをする重雄に頭を下げると、千鶴はようやく解放された。

け、敬礼――?

どう反応したらいいかわからなくて困る。わたし、やっぱりあの人は苦手。

ふう。

家に入って一人になり、肩で息をつく。心配してくれるのはありがたいけれど、顔色が悪いのは他ならぬ重雄のせいだと、理不尽を承知で思う。どうしても瀬川を連想してしまう。

ぱちん、ぱちん、と鋏で枝を落とす音が聞こえる。重雄がまた庭仕事を始めたようだ。

ともかく落ち着こう。あの人は親切な隣人。当たり前だけど、瀬川とは別人だ。そもそも思い出さなくていい。もう瀬川と会うことはない。今は仕事をしていないのだから。連絡が来ることもないはずだと、自分に言い聞かせる。

大事な仕事のパートナーだと思っていたのに、瀬川は千鶴のことをまったく信じていなかった。あの騒動が起きてすぐに、それがわかった。SNSで拡散された話を鵜呑みにして、千鶴の言い分には耳を貸そうともしてくれず、事情を説明するよう会社へ呼びつけられたときも、瀬川は千鶴をまともに見もしなかった。千鶴の話を途中で遮り、別の打ち合わせに行ってしまった。たまたま、作品が似るということがあるのは、千鶴もこうなって初めて思い知ったのだったが……。

（いくらネットでも、火のないところに煙は立たないんですよ）

瀬川の言葉を思い出すたび、胸が冷たくなる。

結局、千鶴は濡れ衣を着せられ、仕事を失った。瀬川との仕事がなくなったばかりではなく、他社からの依頼もパタリと来なくなった。

悲しい思い出は、容易に消えてくれない。忘れようとしているのに、ふいによみがえって苦しくなる。

半年前まではイラストレーターとして順調に仕事をしていた。書籍や雑誌にイラストを描くのが仕事で、瀬川が勤める大手出版社は重要な取引先だった。

瀬川との付き合いは五年になる。ポートフォリオの持ち込みをきっかけにして、女性誌の記事にイラストを描く仕事を受注したのが始まりだった。

千鶴の描く柔らかなタッチのイラストは、女性に受けが良かった。瀬川が文芸部門に異動し、ほっこりメニューが揃った人気食堂の小説のカバー絵を担当したところ、それがベストセラーとなったことで、仕事が軌道に乗った。その後他社からも依頼が来始め、文芸雑誌の挿画や書籍のカバー絵など、依頼は途切れることがなく、一人なら十分食べていける算段が立った。ところが、「盗作事件」をきっかけに千鶴はいっぺんに仕事を失った。まったくの濡れ衣なのだが、およそ言い分が聞き届けられないことが世の中にはあるのだと痛感した。

いつだって不幸は突然訪れる。仕事のことばかりではない。母が病気で倒れたときにも思った。神様は意地悪だ。強い願いほど聞いてくれない。簡単に千鶴の大切なものを奪ってしまう。だから、去る人は追わない。その代わり、来る人はなるべく受け入れたいと思ってはいる。

でも。

玄関のドアを開けたら、白髪の老人がいた。昨日の幽霊だ。昨日と同じ仕立てのいい背広を着て、上がり框に立っている。会うのは二度目だけれど、一瞬ぎょっとして身が竦んだ。

こういう人はさすがに、受け入れるのがきついかな――。

「連日恐れ入ります」

実に礼儀正しく頭を下げ、遠慮がちに声をかけてくる。

「脅かすつもりは毛頭ございません」

老人は両手を広げ、こちらに掌を見せた。危害を加えるつもりはない、という意図のポーズだ。でも怖いものは怖い。この家、いつから幽霊が出るようになったんだろう……。

「昨日はいったん引き返したのですが、やはりわたしがお訪ねしたいのは、こちらのお宅で間違いないようで、憚りながら再訪いたした次第です」

千鶴が怯えているのがわかるからか、老人はあくまで静かな声で言う。

やはり幽霊は怖い。頭で受け入れようにも、体が拒否反応を示し、千鶴はその場にへたり込んだ。まばたきしても、やっぱり幽霊は消えない。上がり框に佇み、千鶴の顔色を窺っている。老人は両手を下ろして、ひっそりと立っている。千鶴の恐怖が静まるのを待ってくれているらしい。幽霊だけど、いい人みたい。

しばしの沈黙の後、老人は口を開いた。

「落ち着かれましたか？」

「ええ、はい。おかげさまで」

「安心いたしました」

老人はわずかに顔をほころばせた。幽霊も笑うんだな。

目の前の老人は姿こそ透けているけれど、その部分を除けば普通の人と変わらない。きっと死ぬ前の姿そのままなのだろう。

よく見ると、老人は母方の祖父と雰囲気が似ている。

千鶴が中学生のときに亡くなった祖父は、小学校の校長先生だった。この老人のように、背広がよく似合っていた。なんだか懐かしさを覚える。祖父は優しく、千鶴がこの家に会いに来るのを、いつも目を細めて待っていてくれた。

さて、人が幽霊になるのには訳があるだろう。千鶴で役に立てるかどうかわからないけれど、こうして姿が見え、話もできるのは何かの縁だと思う。どうにか落ち着けて、老人に話しかける勇気が出てきた。

「昨日も言いましたけど、わたしは留守番なんです」

「そう、おっしゃいましたな」

「この家の主は叔父ですが、今は入院していて話ができない状況なんです。ひょっとして叔父を訪ねてこられたのですか」

「いえ、叔父さんのことは存じ上げない。こちらに伺ったのは昨日が初めてです。ただ、こちらのことは話に聞きましてな」

「そうですか。わたしでよければ、お話を伺います」

「ありがとうございます。ご親切、痛み入ります」

老人はにっこり微笑んだ。

とはいえ、話を聞いても自分にできることがあるかどうか。でも、誰にも自分の話を聞いてもらえない辛さはよく知っている。この人もそうかもしれないと思うと、追い返すのは気が引けた。

老人を六畳の和室に案内し、上座を勧めた。本来ならばお茶くらい出すのだろうけれど、あいにく出したところで飲めるかどうかもわからない。千鶴は座卓を挟んで腰を下ろし、老人と向き合った。

「わたしは飯田和夫と申します」

対座すると、老人は名乗った。

「生前は弁護士をしておりました」

ポケットから使い込んだ革のケースを取り出す。そこから慣れた手つきで名刺を引き抜き、千鶴に差し出した。もっとも、受けとることはできない。名刺もまた和夫と同じく透けている。書かれている文字だけは読めた。飯田事務所、とある。

「あ、こりゃ受け取れませんな」

和夫のほうで気づいて、名刺を引っ込めてくれた。

本当に弁護士だったんだ。胸のバッジはいかにも長い年月を経たように、燻(いぶ)した色になっている。

「すみません。わたし、今日は名刺を持っていなくて」

千鶴が断ると、和夫は首を横に振った。

「いや、失礼しました。つい生きているときの癖で出しましたが、名刺など、もう何の意味もありませんね」

和夫は名刺をポケットにしまった。

「わたしは島村千鶴と言います」

職業は言わなかった。仕事をなくして半年になる。イラストレーターと名乗るのはおこがましい気がした。

「どうぞお話を聞かせてください」

「はい。——いざとなると、どこから話したものか迷いますな」

困ったように独りごち、手で顎を撫でる。

「ま、死んだときの話から始めましょうか。わたしは享年七十。くも膜下出血で死んだようです。事務所で仕事をしているときにひどい頭痛がして、倒れたところまでは覚えておるのですが、気づいたら死んでおりました。何も覚えがないのですが。意識が戻って――、まあ意識が戻ったというのもおかしな話ですが、自分の葬式に来てくれた同業の連中が話しているのを聞きました」

「お仕事中に亡くなられたのですか」

「お恥ずかしい話です。自分を過信しておりました。無茶が祟ったのでしょう。いい歳をして、体を顧みずに働いておりましたから」

和夫は淡々とした口振りで言う。

「自営業には定年がないので、つい己の歳を忘れておったのですよ。七十といえば、サラリーマンはとうに定年ですのに。潔く引退しておけばよかったと、今さらながら後悔しております」

七十という年齢より和夫は若く見えた。幽霊は亡くなったときの姿であらわれるのだろうか。ずっと現役で仕事をしていた人らしく、顔つきも精悍で声にも張りがある。もう亡くなっているというのが、理不尽に思えるような感じだ。それだけではない。千鶴は意外にも、生身の人間よりこの礼儀正しい幽霊のほうが話しやすいと感じていた。

「突然死は厄介です」

和夫は大きな裁判を抱えていたのだという。期日に備え、連日夜更けまで事務所に詰めていた。

「最後に大迷惑をかけてしまいました」

依頼人とは長年付き合いがあり、負けるわけにいかない裁判だった。なのに、途中で死んでしまった。和夫は相当な仕事人間だったようだ。死んでもなお、己を責めつづけている。

話を聞いているうちに、千鶴まで落ち込んできた。比べるのは失礼な話だが、自分にも似たような経験がある。降りかかった災難を前に描けなくなって仕事に穴を空けてしまった。あのときは方々に迷惑をかけた。思い出すと、今も申し訳なさで居たたまれなくなる。

「辛気（しんき）くさい話をしてすみません」

千鶴が浮かない顔をしているのに気づいたのか、和夫が説明を加えた。

「不徳の致すところですが、裁判のほうは幸いどうにか続けられています。まあ、弁護士なんて、代わりがいくらでもおりますので」

かつて和夫が育てた後輩が、和夫の後を引き継ぎ、裁判を続けてくれる手筈（てはず）となったのだという。優秀で情の厚い弁護士だから、大船に乗った気持ちで任せられる。ゆえに心残りはない。

それなのに成仏できず、和夫はこの世をさまよっている。不思議に思っていると、

「妻の話を聞きたいのです」

心持ち目を伏せ、和夫は打ち明けた。

「倒れた日の朝、妻がわたしに何か言いかけたのです。話しかける機会を窺っていた素振りでした。いい知らせだったのか、嬉しそうな顔をしておりました。少し足を止めればいいものを、わたしは出勤時間を気にして、妻の話を遮って出かけ、その日のうちに死んだのです」

妻には苦労をかけてきたとの自覚もある。裁判は別の弁護士に引き継げるが、夫婦は代わりが利かない。それでなくとも年中家を留守にして、挙げ句、仕事に出かけたまま死に、妻に感謝の言葉一つ伝えなかったと思うと、あの世へ旅立つことができないと訴えてきた。

「聞いてやればよかったと思うのです。そのくらいの時間はあったのですから。それなのに、わたしは『後にしてくれ』と突き放してしまった。いったい何様のつもりだったのかと、死んだ今も悔やまれてなりません」

和夫は切実な声を出し、手で胸をさすった。

「何だか忘れ物をしたような気持ちで、妻の話の続きを聞かないと、どうにも成仏できそうにない。お願いします、妻と再会する手助けをしていただけませんか」

「わ、わかりました」

和夫の切実さに胸を打たれ、千鶴はうなずいた後でうろたえた。

どうしよう——どうしたらいいか、何かわたし、知ってるっけ？

安請け合いしてしまったが、いったい全体、どうやって霊と生きている人を会わせるというのだ。

「こちらのお宅では猫がおられますな」

助け船を出すみたいに、和夫が言った。

「は、はい。いますけど——」

「よろしければ会わせていただけませんか。噂によると、こちらの猫ちゃんが手を貸してくださるようですから」

「え？」

和夫の言葉に千鶴は面食らった。猫が手を貸す？　これまた突拍子もない話だ。が、和夫はいたって真面目な面持ちをしている。

4

「みゃあ」

可愛い声に振り返ると、和室の障子戸越しにシルエットが見えた。千鶴が戸を開けると、静かな足音をさせながら、ふわふわした長い尻尾を揺らして、ユキはするりと和夫の傍にやってきた。

「はじめまして」

和夫はユキに向かって頭を下げた。

「あなたが噂に名高い猫ちゃんですな」

「みゃ」

「そうですか、ありがとうございます」

心持ち顔を仰向け、ユキは和夫と向き合っている。何、今の。返事をしたみたいじゃない。

ずっとわたしから隠れていたくせに。内心ショックだったが、それどころではない。

もしかして、話してる――？

まさかとは思うものの、そんなふうに見える。

「条件がある？　ははあ、そうでしょうな。大事な体をお借りするのに無償というわけにはいきません。どうすれば御身をお借りできますか」

これに対し、ユキは喉を鳴らした。声は聞こえないけれど、返事しているみたい。何これ。まるで童話の世界だ。猫のユキと霊の和夫が当たり前の顔で話しているなんて。

「お布施ですか。人生で一番幸せな思い出がよいのですか。それをお話しして、ご満足いただけたら、あなたの体をお借りして妻と話せると。そういうことですな。ふむ、聞いていた通りだ」

ユキは尻尾の先を小刻みに揺らす。

「わかりました。少しお時間をください」

和夫はうなずき、しばし考える顔になった。

おそらく彼らは交渉しているのだ。妻に会いたいと和夫は訴え、ユキは何か〝お布施〟を差し出してくれるなら叶えてあげようと言っている。

体を借りてというのは何だろう。和夫が霊だということを考慮すると、ユキに乗り移るという意味かもしれない。お布施はその対価？ 幸せな思い出が対価になるかどうかは謎だけれど。現実離れした話であることを横に置けば、つまりはそういう話をしているようだ。

「あの——」

片手を上げ、千鶴はおずおずと話に割り込んだ。

「お邪魔かもしれませんが、わたしにも聞かせてください」

「失礼いたしました」

はっとした顔で振り向いた和夫に向かって、千鶴は問うた。

「ひょっとして、うちの猫、ユキと話をしてます？」

言いながら、自ずと首が傾ぐ。頭ではきっとそうだと認めていても、まだ気持ちはついていかない。そんな感じ。

「その通りです。ユキちゃんに体をお借りする相談をしておりました」

和夫の返事を耳にしても、やはりちょっと――信じられない。でも、相談しているというからには、実際に話しているのだろう。

人は霊になると不思議な力が備わるのか。それとも、猫という生きものにそうした力があるのか。千鶴が考えていると、

「とても信じられないという様子ですね」

和夫は笑った。

「――はい。ごめんなさい、その通りです」

「そうでしょうとも。生きていた頃なら、わたしも信じなかったと思いますよ。こちらのお宅へ伺ったときも半信半疑でしたから。しかし不思議なことに、今はユキちゃんと話ができる。死んだからでしょうな。今はすべてを受け止められますよ。猫は霊が見えるというのは本当だったのですね」

和夫は感慨深そうにうなずいているけれど、そうなの？

「ほら、ときおり猫が、何もないところをじっと見ていることがあるでしょう。それには歴とした意味があって、今まさに、そういう状態なのだと思います」

そういえば聞いたことがある。猫には不思議な力があり、人に見えないものが見える。

誰もいない空間を眺めているとき、そこには霊がいる、と。

「ユキちゃんは、『猫語り』ができると言っています」

　知らない言葉が出てきた。

「『猫語り』？　それ何ですか」

「簡単に申しますと、霊がユキちゃんの体の中に入って、生きている人へ思いを伝えることです。そう教えてもらいました」

　それを「猫語り」と呼ぶことも、今ユキから聞いたのだと、和夫は語る。

「ご承知のように、霊となったわれわれは生きている人とは意思の疎通はできません。話しかけても、相手にこちらの声は届かない。わたし自身、何度も話しかけましたが、妻は無反応でした。すぐ目の前に立っても、妻にはわたしが見えません。触れることも、話すこともできない」

　昔、そういうシーンを外国の映画で見たことがある。亡くなった旦那さんがゴーストになって妻のもとへ行く話だ。あれと似たような思いを和夫もしたのか。

「わたしは『猫語り』をするために、噂を聞いてこちらのお宅へお邪魔したのです。――すみません。荒唐無稽な話だとは、わたしも重々承知しておるのですが。ユキちゃんの話で、噂は本物だったと確信いたしました」

　和夫は眉尻を下げ、千鶴を見た。こちらの反応を窺いながら徐々に話を進めるのは、生前の仕事の習い性だろうか。

「噂では、縁があれば歩いているうちに猫の鳴き声がして、自然と足が止まる、それが『猫語り』の家を見つけた合図だという話でした。実際、わたしもこちらのお宅の前で猫の声が聞こえ、足が止まりましてね。二階の窓にいたユキちゃんと目が合ったのです」

それが昨日のこと。ユキは二階から和夫に向かって語りかけたという。

「サイレントニャー、という言葉はご存じですか?」

「いえ。音にならない鳴き声、という意味でしょうか」

「そうです。猫は人に聞こえない高い音で鳴くことがあるのです。それがサイレントニャー。猫と人の聞こえる音域が異なっているから聞き取れないだけで、実際には鳴いているのですよ。霊になってから、わたしにも聞こえるようになりました。ユキちゃんはサイレントニャーを使って、わたしに声をかけてきたのです」

ちら、と横目でユキを見た。

澄ました顔をして座っている。間近で眺めて初めて、ユキの両目の色が違うことに気づいた。右が薄い黄色で左が青。これはオッドアイってやつだ。猫雑誌に書いてあった。昔から、幸福を招く猫と言われているのだという。

見れば見るほど可愛い子だけれど、そんな不思議な力が備わっているなんて、すべてそのまま受けとるのは難しい。でも、実際に和夫はユキに語りかけられ、この家にやってきたのだ。妻にもう一度会うために。

「しかし、『猫語り』をさせてもらうには条件がある。人生で一番幸せな思い出を語ること。それでもしユキちゃんが満足したら、そのときは体を貸してくれるそうです」

「それが、さっき話に出てきた『お布施』なんですね」

「そういうことですな。まあ、無条件ともなれば、ユキちゃんのところにわたしのような、さまよえる霊が殺到するでしょうから。一定の条件を設けるのは合理的かと。ここまで辿り着けた者だけという条件もありますしな。満足度を指標にしているのも、あくまで選ぶのは体を貸す側、すなわちユキちゃんに選択権があることを示していることの表れです」

和夫と話をしていると、何だかビジネスの商談をしているみたいな気になってくる。それはそうとして。霊に体を貸すって。叔父さん、ユキがそんな猫だなんて初耳なんですけど。

「どんなお話をするのですか？」

千鶴が訊くと、和夫は目線を斜め上に向けた。

「さっきから考えておりました。思い出に順位をつけるのは難しいのですが――、でも決めました」

和夫はユキと向かい合う形で、正座した。

「では、お話ししましょう」

＊

一番の幸せな思い出といって、頭に浮かんだのはあの海の景色。

　わたしは三十代だった。

　妻の孝子と、小学三年生だった息子の賢を連れていった、一泊二日の家族旅行。八月の初めの週末に、思い立って決行した。司法試験に合格した二十六で結婚して以来、ほとんど休みなしに働いていたわたしにとって、それが初めてといっていい家族サービスだった。

　きっかけは、賢がもらってきた通知表だ。

　算数や国語といった教科はすべて二重丸なのに、体育だけが丸でもなく、三角だった。賢は泳げない。そのせいで夏休みになっても暗い顔をしていた。プールの授業でクラスメイトにからかわれたようで、すっかり元気をなくし、毎朝のラジオ体操も行かず、昼近くまで寝ていると、孝子が心配していた。

　そんなことくらいで——。

　初めて聞いたときには右から左へ聞き流した。

　当時、わたしは霞が関にある法律事務所に勤務し、がむしゃらに働いていた時期だった。家には寝に帰るだけ。ときにはそれも億劫で、事務所に泊まることもあった。

家庭のことはすべて孝子に任せ、子育ても放任。むろん賢のことは心配だった。が、当時は仕事が最優先。いずれ独立して事務所を構え、仕事が落ち着いたら、自分も子育てをする気でいた。

しかし、それはわたしの胸のうちのことで、孝子には言っていない。まるで駄目な父親の見本だ。何より子育てをすることへの自覚がないのが嘆かわしい。必死に働く背中を見せれば、息子は勝手に逞(たくま)しく育つものと思っていたのだから、我ながら呆れる。しかも、朝は賢が起きる前に出かけ、夜は賢がとうに寝てから帰宅する。土日も祝日もなしに家を留守にしている父親の背中を、いったいどうやって、息子が見られるというのか。

そういう意味では、いいタイミングだった。

あの夏、わたしは仕事で大きな失敗をした。強引な進め方をして依頼人の不信を買い、代理人を下ろされたのだ。裁判に臨む前に「あなたにはついていけない」と、そっぽを向かれたのである。弁護士になって以来、初めての挫折だった。

これには落ち込んだ。あまりに消沈しているわたしを見かね、事務所の所長が無理に休暇を取らせた。その休みを使って、妻と賢を海水浴に連れていったのだ。

夕方前に事務所から戻ってきたわたしを、

「お帰りなさい」

孝子は笑顔で出迎えた。台所からはいい匂いがしてきていた。

「夕食はカレーよ。ご飯がまだだけど、もうすぐ炊けますから。手を洗って、着替えてきてくださいな」

言われた通り背広を脱ぎ、手のついでに顔も洗ったら、腹が鳴った。カレーの匂いに刺激され、頭では落ち込みつつ食欲が反応を示した。賢を泳げるようにしてやろうと、そのとき唐突に思った。食卓でも暗い顔をして、もそもそとカレーを食べている姿が自分に重なったのである。

小学校低学年の頃、わたしは泳げなかった。しかしながら四年生の夏休みに父親が指導してくれ、金槌を返上した。そして難関の司法試験を突破して天狗(てんぐ)になり、泣き虫だった昔の自分を忘れていた。

海で泳ぎを教えてやると言うと、

「いいの？」

賢は遠慮がちにうなずいた。孝子も実に嬉しそうな顔をしている。いつも家のことは孝子に任せきりにしていたが、このときばかりは自分で動いた。その日のうちに旅館を予約し、週末に家族三人で伊豆(いず)の下田(しもだ)へ出発した。

「いいお天気」

袖無しのワンピースを着た孝子は、電車の中でにこにこしていた。

手には大きなバスケットを抱えている。中の包みは弁当だと言うが、三人分にしても大きい。いったいどれだけ作ってきたのか。リュックサックを背負った賢は気弱な笑みを浮かべ、電車の窓から外を眺めていた。海へ行くのが不安なのだ。見事な晴天のもと、家族揃って旅行しようというのに、こんな顔をしている賢を見て、わたしは胸が痛んだ。

午前のうちに旅館へ着き、さっそく海へ出た。夏休みとあって、海は大賑わいだ。波打ち際では小さな子ども連れの家族が砂山を作り、海では似たような年頃の子どもが親と一緒に泳いでいる。

「お父さんが手を握っててやるから」

浅瀬でバタ足から教えた。

「膝は曲げずに、伸ばしたまま水を蹴るんだ」

初めのうち、賢はコツを摑めなかった。膝を曲げまいと変に力むせいで、うまく足が持ち上がらない。バタ足というより溺れているような格好で、すぐに顎を上げる。

正午前にいったん練習を中断し、海から上がった。賢は背を丸めていた。父親のわたしに教えられてもなお、うまく泳げない自分を不甲斐なく思い、苛立ってもいるのだろう。が、夏の日は長い。落ち込むには早いと、わたしは賢を励ました。

「お疲れさま。頑張ったわね」

ビーチパラソルの下で待っていた孝子は、敷物の上に弁当を広げていた。

「すごい量だな」

わたしは苦笑した。弁当は海苔を巻いたおにぎりと唐揚げに焼売、蛸の形のウインナーと玉子焼き。どれも賢の好物だ。それはわかるとして、驚いたのはその量だった。アルミホイルに包まれたおにぎりは十五個もあった。

「張りきって作り過ぎちゃった」

孝子は照れ笑いしている。

「初めての家族旅行だもの。いいじゃない、たくさん食べてよ」

海から上がったときは青い顔をしていた賢も、ずらりと並んだおにぎりに圧倒されたように目を丸くした。

「梅干しは嫌だな」

ぶつぶつ言いながら手を伸ばし、かぶりつく。

「おいしい」

一口齧るなり、賢はうなずいた。孝子は目を細め、水筒の蓋を開けた。氷の音を鳴らしながら麦茶をカップに入れ、賢に差し出す。

「麦茶も飲みなさいね。海で泳ぐと、体から水分が抜けちゃうでしょう。たくさん飲まないと、スルメみたいに干からびるわよ」

大真面目な顔をして、突拍子もないことを言い出すのが孝子の癖だ。

「馬鹿言え」

「あら、本当よ。海で泳いだ後は指の腹がしわしわになるでしょう。胡瓜だって茄子だって、塩をまぶすと水気が出てしんなりするんだから。人間も一緒よ」

「それにしたってスルメはないだろ。干からびすぎだ」

「あら、おいしいのに。歯も丈夫になるし」

「そういう話じゃないよ！」

賢は孝子のとぼけた物言いに噴き出し、たちまち一つ目のおにぎりを平らげた。麦茶で口を湿し、二つ目に手を伸ばす。「わ、梅干しだ」と口を尖らせつつ、旺盛な食欲を見せた。頬を膨らませながら、唐揚げをつまんでいる。

わたしもせっせと食べた。

「二人ともいい食べっぷりね。見ているだけでお腹いっぱい」

たくさん作ったくせに、孝子は他人事のように言う。

「おい！」

「ママも食べてよ！」

弁当を食べている間じゅう、わたしたちは笑っていた。

少しゆっくり休んだ後、ふたたび海でバタ足の練習をした。慣れてきたと見え、賢は空が焼けてくる頃には、いい具合に足を使えるようになった。浮き輪をつけて腕で水を掻く練習をさせても、割にすぐコツを摑んだ。

わたしにとっても久しぶりの海だった。塩辛い水につかり、寄せては返す波の音を聞いているだけで気持ちが安らぐ。働き詰めの日々が遠く感じられる。電車に二時間半も揺られれば、こんな楽しい場所に来られるのだ。

「今日はここまで」

波が金色に光りはじめた頃、わたしと賢は海から上がった。

「二人とも鼻と頰が真っ赤よ」

並んで歩いてきたわたしたちを見て、孝子がびっくりした顔をした。

「ママもね」

賢の言う通り。孝子の顔もすっかり日に焼けていた。賢の様子を気にして、しょっちゅうビーチパラソルから出て、海辺に立っていたからだ。袖無しのワンピースから出た腕も、同じように焼けている。

その日、旅館で風呂に入った賢は「わあ、痛い」と跳び上がった。旅館に頼んで氷嚢を貸してもらい、風呂上がりの賢の背中を冷やし、夕食には新鮮な刺身と天麩羅を食べた。

「ああ、おいしかった」

賢は出された食事をすべて食べ、苦手なピーマンも、天麩羅にすれば平気だと平らげてみせた。

　夕食の後、三人で近所を散策したのもいい思い出だ。旅館の浴衣を着て土産物屋を冷やかし、かき氷を食べた。賢は真っ赤な顔ではしゃいでいたものだ。日頃家にいないわたしと孝子に挟まれ、夜の町を歩いているのが嬉しいのだろう。孝子は貝殻を貼り付けたオルゴールを気に入り、小さいのを一つ買った。それは今でも鏡台の棚にある。

　次の日もいい天気だった。波の音で目を覚まし、朝のうちから海へ行った。賢のほうから早く行こうと言い出したのだ。

　昨日の続きでバタ足の練習から始め、腕の掻き方をおさらいしたら、いよいよクロールだ。もとより努力家の子である。午前中いっぱい頑張り、ぎこちないながらも賢はクロールをマスターした。

「意外と簡単なんだね」

　海の家でラーメンを食べながら、そんなふうに言った。学校のプール授業でさんざん苦労しただけに、いざ泳げるようになると自分でも意外らしかった。

「偉かったな」

　わたしが褒めると、賢は面映ゆそうに鼻の下をこすった。

「パパが鬼コーチだったからね。必死についていくしかなかったんだよ」

　などといっぱしの口を利く。

「本当。赤鬼みたいだものね」

孝子は日焼けしたわたしの顔を見て、こっそり賢に耳打ちした。

「聞こえてるぞ」

海水浴の間中、ずっと笑っていた気がする。眩しい日射しと潮の匂い。日焼けの痕のヒリヒリした痛みが懐かしい。振り返ると、今も目の裏に孝子と賢の笑顔が浮かぶ。二日間の旅行を終え、電車で帰るときには賢の顔つきが行きとまるで違った。苦手の泳ぎを克服し、自信がついたのだと、自分のことのように誇らしかった。

良かったな。

胸のうちで思い、傍らの孝子と目を見合わせた。

「また来よう」

「ええ」

賢にクロールを会得させたことで、わたしも自分を取りもどした。もしあのとき海水浴へ行かず、失意のまま無理に仕事を続けていたら、さらに大きな失敗をしていたに違いない。

楽しいときはあっという間に過ぎる。帰るのが勿体（もったい）ないようで、いつまでも電車に乗っていたかった。あれが人生で一番幸せな思い出だ。

語り終えてもしばらく、和夫は遠い目をしていた。

気持ちは今も海辺にいるような、そんな顔だ。千鶴も同じ。和夫と一緒に旅をしたようで、鼻先に潮の香りが漂っている気までする。

「結局、後にも先にも一度きりの家族旅行になりました」

我に返り、和夫は残念そうにつぶやく。

「わたしは口ばかりでしてね。休暇明けには仕事漬けの生活に戻りました」

「大変なお仕事ですものね」

千鶴が言うと、ふっと口許(くちもと)を緩める。

「それでも、家族を大切にしている弁護士はおりますよ。孝子には悪いことをしました。わたしのような男と夫婦になったせいで、ずいぶん寂しい思いをしたはずです。——死んでから悔やんでも遅いのですが」

どう慰めたらいいのだろう。

もとより千鶴は口下手である。和夫にどんな言葉をかけるべきなのか、考えても中々思い浮かばない。

＊

するとユキは和夫の膝にそっと額をつけた。もっとも、実際には触れてはいないのだろうけれど。桃色の鼻をすぴすぴと言わせながら、半透明の膝に額をこすりつけている。

「慰めてくれるのですね」

和夫は顔をほころばせた。

「みゃお」

顔を上げ、ユキが小さな声で鳴く。そしてまた和夫の膝に顔をつける。

（そうよ）

本当に和夫を慰めているみたいだ。

「引退したら、夫婦で旅行でもしたいと思っておったのです」

ユキを見ながら、和夫が述懐（じゅっかい）する。

「もう海水浴というわけにはいきませんが、泳がなくても、海は眺めているだけでも楽しいですし。山でもいい。孝子が望むところへ一緒に行くつもりでした」

丸い頭をこっくりさせ、ユキがうなずく。

「そのくせ仕事は続けていた。次の仕事が終わったらと、そう自分に言い聞かせて。引退を先延ばしにしました」

「定年のないお仕事とおっしゃっていましたもんね」

「今日の続きは明日だと思っておったのです」

和夫が鼻から息を吐いた。

「いつまでも、当たり前のように次の日が巡ってくると信じていたのですよ。七十なのに。まだ七十、でももう七十です。終わってみれば、人生は実に短い」

ユキが背伸びをして、丸い頭を突き出した。撫でてくれと言わんばかりだ。自然な仕草で和夫が手を伸ばす。掌を広げると、ユキが小さな声で鳴いた。うっとりとした顔で、わずかに口を開き、精一杯背伸びをしながら、ぐりぐり和夫の掌に頭をこすりつけようとしている。

その勢いで、ユキはころりと仰向けになった。

「おや」

和夫がこちらを見た。

「交渉成立のようです。ユキちゃんが体を貸してあげると、言ってくれました」

「にゃっ」

ユキはふかふかのお腹を晒(さら)しながら、いい返事をした。それから、ちらりと千鶴を振り返る。

なに――？

訳がわからず首を傾げると、ユキが鼻を鳴らした。ふわふわの尻尾を持ち上げ、ぺしんと一振りする。

「文句を言われている気がします」

千鶴がぼやくと、和夫は微笑んだ。

「当たりです」

まったく。

猫は不機嫌なときに尻尾を振る。例の猫雑誌にも載っていた。ユキは和夫と違い、自分の言いたいことを解さない千鶴が不服なのだ。

「不躾ながら、お願いがあるんです」

和夫が居住まいを正した。

「妻の孝子を連れてきていただけませんか。わたしがここに伺ったのは、ユキちゃんの体をお借りして『猫語り』をすることです。最後に孝子ともう一度、話をさせてください」

家はこの近所なのだという。歩いて十五分くらい。

ユキがこちらを見た。その目が「断らないわよね」と言っている。

5

その日の夕方。

リビングで待っていると、千鶴が家に戻ってきた。玄関のドアに鍵が差し込まれる前に、近づいてくる足音が聞こえた。二つある。心臓が高鳴った、――ような気がする。物理的にはもはや動きを止めているはずなのに奇妙なことだ。

ドアが開き、二つの足音がこちらへ向かってくる。

「どうぞ」

これは千鶴の声。その後に続く足音。かすかな息遣い。自ずと耳がピンと立ち、音の主を探り当てようとしている。わたしは身を起こした。姿を見る前に、もう正体がわかっている。

孝子――。

逸る気持ちを抑えきれず、わたしは立った。千鶴にいざなわれ、ベージュのコートを羽織った孝子があらわれたときには軽い興奮状態だった。さっそく話しかけようとして、はたと気づく。

小柄な孝子の顔がずいぶん遠いところにある。懸命に首を伸ばしても届かないのがもどかしい。わたしの目の前にあるのは、肌色のタイツに包まれた孝子の臑。そうか、わたしはユキちゃんの体に入ったのだ。

少し前――。

わたしはユキの臍に鼻をくっつけた。日向のような匂いを感じた次の瞬間、ふと目の前に白い紗が広がった。しばらくの間、ふんわり温かなものに包まれ、突如ぐんと目線が下がった。

　物の見え方も変わった。目に映るのは、ぼんやりした景色。床が近い。猫の目には人がこんなふうに見えるのか。色彩の乏しさと、想像以上の目線の低さにとまどう。

　ユキが顔を上げてくれ、孝子が映った。事前におおよその説明をされているのか、孝子は落ち着いていた。脱いだコートを畳んで抱え、立っている。対して千鶴は挙動不審だ。困り顔できょろきょろと辺りを見回している。

「おかしいな。さっきまでいたのに」

　盛んに首を傾げ、心細げな声を出す。

「飯田さん、どこにいますか」

　手を振ったが、千鶴は焦り顔で廊下に出ていく。ユキの体に入ったことに気づいていない。千鶴は仲介の初心者で勝手がわかっていないのだろう。こいつは困った。どこまで行ったのか、中々戻ってこない。

　途方に暮れたわたしの前に、影が差した。目を上げると、孝子がこちらを見下ろしている。猫は夜目が利くというのは本当だ。リビングはカーテンが閉まっていて薄暗い。それでもくっきりと、顔が見える。

「孝子」

　声をかけたが無反応だった。

「わたしだよ、孝子」

もう一度呼びかけても、やはり応答はない。けれど唇の端がぴくりと震えるのをわたしは見逃さなかった。

「——あなた」

「そうだ、孝子。わたしだ」

目の縁に涙が溜まり、見る間にあふれた。まばらな睫毛の先まで濡れている。孝子はそろそろと床に膝をつけ、顔を近づけてきた。涙の膜の張った瞳の中にユキが——、澄んだ目の奥にわたしがいる。

「そんな可愛いとこにいらしたんですか。呼ばれるまで気づかなかった」

ふう、と大きく息をつき、孝子は両手で胸を押さえた。孝子らしく平静を装いつつ、わたしがいきなりあらわれたことにはやはり動転しているのだ。立場が逆なら、わたしも腰を抜かしていたに違いない。

大したもので、孝子はすぐにこの状況を受け入れたようだ。

「それにしても、ずいぶん可愛らしいことになっているのねえ。いったい、どうしたの」

などと、真っ赤な目をして軽口を叩く。

「そんなに何度も可愛い可愛い、と言わんでくれ。きみと話をするために、霊界では有名な、このユキちゃんに体を貸してもらったんだよ。霊の姿では、いくら声をかけても聞こえないようだから。千鶴さんはその仲介役だ」

「まあ」

孝子がくぐもった声で言い、正座して、ぐっと顔を寄せてくる。

「この猫ちゃんのことね？　ユキちゃん、大事な体を主人にお貸しいただき、ありがとうございます」

丁寧な調子で礼を述べる。

「あんまり驚かないんだな」

「もちろん驚いておりますよ。まさか、猫ちゃんの目の中にいるなんて思いもよらないもの。でも、それ以上に嬉しいんです。白昼夢を見ているようよ。なんでもいいの、夢でも幻でも」

変わらない、と和夫は思った。

猫の目から死んだ夫が声をかけてくる。そんな世にも奇妙な出来事に遭遇しても、おしなべてのほほんと構えている。昔からそうだ。孝子はわたしより肝が据わっているし、わたしの言うことは無条件に受け入れてくれる。

ぱちり。

一瞬、目の前の景色が途切れた。ユキがまばたきしたのだ。

「猫語り」ができるのはまばたき七回分の間。体を借りるとき、ユキが言っていた。明るいところだと眩しくて瞳が細くなってしまうから、暗いところで会ってね、とも念を押された。

今のまばたきで三回目。もう半分近くも、時間を消費したと思うと焦る。何を言おう。リビングに戻ってきた千鶴が駆け寄ってきた。床に正座している孝子を見て、怪訝そうな顔で近づいてくる。

「あっ」

わたしを——というかユキの顔を覗き込み、千鶴は声を上げた。仰天した面持ちで、

「体を借りるってそういうこと……」とつぶやく。それから、はっとしたように身を退き、わたしたちから少し離れた場所へ腰を下ろした。夫婦の再会を邪魔しないようにとの配慮だろう。

千鶴に一礼し、わたしはユキの目の中から孝子を見上げた。本当に孝子だ。孝子と話せている。それだけで胸が熱くなる。

「お話ししたいことって、なあに？」

「いや、わたしがきみに訊きたいんだ」

孝子はきょとんとしている。

「最後の朝、何か言いかけただろう」

「そうだったかしら」

覚えがないらしい。孝子は小首を傾げている。

「思い出せないか？　ほら、玄関でわたしが靴を履いていたときのことだ」

「何だったかしらねえ。いやね、この頃すぐに忘れちゃうのよ。歳をとったせいだわ」

孝子は眉を下げた。

「そんなことより、あなた。会いにきてくださってありがとう」

「礼を言うのはこっちだよ。悪かったな、きみは慌てただろう。あまりに急で、葬儀の手配とか大変だったんじゃないのか――」

「いいんですよ、そんなこと。自分でどうにかできることでもあるまいし」

「だが、もう少しましな死に方ができればな」

「やあね。ましな死に方って何です」

「そりゃあ突然死じゃないやつさ。普通に入院して、徐々に弱っていったなら、きみも心の準備ができたろうし」

「まあ」

孝子の顔にふわりと笑みが広がる。この顔が見たかったのだと、さらに胸が熱くなる。

「優しいのね。もう、泣かせないでちょうだい。お葬式のときだって我慢できたのに」

目尻に新たな涙を浮かべ、孝子は語尾を震わせた。

「すまん。そんなつもりじゃないんだ。というか、わたしはちっとも優しくないだろう。今もただ、驚かせて申し訳ないと思ったまでで」

　わたしは慌てて言いつくろった。

「ええ、わかってます。でも、病気で亡くなるのがいいかどうか。徐々に弱っていくあなたを見るのは辛かったと思うわ」

「そうかね。しかし、やはり申し訳なかった。わたしは仕事場で倒れ、きみに別れも告げずに死んでしまった――」

　困った。孝子はずっと変わらない。髪は白くなり、皺が寄っても、中身は出会った頃のままだ。

「病気でお仕事を辞めることになったら、あなたも悔しかったでしょうし。良かったのよ、これで」

「そうか？」

「ええ」

「きみには感謝してるよ」

　心から思う。どうして今まで口にしなかったのだろう。

「きみのおかげでいい人生を過ごせた。仕事も思いきりできた。賢も独り立ちして、しっかりやっている。やり残したことは一つもない。本当にありがとうな」

孝子と夫婦になって良かった。わたしのような頭でっかちな男が曲がりなりにも幸せに生きられたのは、できた妻がいたからだ。

「そんなに褒めてもらって、女房冥利に尽きるわね」

小さな手で孝子が頰を押さえた。

「お世辞じゃない。きみがいたから、わたしはやってこられたんだ」

「あなた自身の力ですよ」

「いや、わたしはそんな立派なもんじゃない。仕事ばかりで、ろくに家庭も顧みなかったし、子育てもきみ任せだった。どんな仕事をしているのか、ちっとも話そうとしなかったしな。きみは寂しかったんじゃないのか？」

「いいんですよ。話してもらっても、お仕事のことはわたしにはわからないから」

目を細めて孝子は首を横に振る。

この笑顔に救われてきた。

「いや、それでも話せばよかったんだ。むろん守秘義務はあるが――、内容を伏せても仕事の話はできる。夫婦でも、違うな、夫婦だからこそ、コミュニケーションをとり続けないといけない。それをしなかったのはわたしの怠慢だ。駄目な亭主だったんだよ。死んで、やっと気づいた。その詫びも込めて、きみに会わせてもらったんだ」

そこで、ぱちり。

ユキのまばたきもこれで四回目。あと三回しか残っていない。

「今日は何だか早口ねえ」

「悪いな、焦ってるんだ。ユキちゃんがまばたきを七回すると、それでおしまいだからね」

「そうなの？」

わたしが急いでも、孝子はのんびり返してくる。

まったく。生きていた頃なら苛立っていたところだ。しかし、今はただ感謝の気持ちしかない。孝子の顔を見ているだけで胸がいっぱいだ。どうしてもっと、一緒に過ごさなかったのかと、死んでから大いに悔やんだ。しかし、死んでから悔やんでも遅いのだ。

家に孝子がいると思うと、安心して留守にできた。わたしがいなくても大丈夫。そう信じられるからこそ、家の外でほとんどの時間を過ごしてきた。それが正しい生き方だと、死ぬまで信じていた。

わたしは刑事事件を得意とし、お嬢さん育ちの孝子には聞かせられないような血なまぐさい案件も扱ってきた。他に民事でも、金銭を巡って身内が骨肉の争いをする事案もある。弁護士が呼ばれるのは、大抵そういう場面だ。わたしは自分の家に嫌な話を持ち込みたくなかった。

そうした事情を一息に話すと、孝子は唇の端を上げた。

「ちゃんと、わかっていましたよ」

「もっと長く生きるつもりだったんだ。八十五、せめて八十まではいけると思ってた。父親が長生きだったから、自分も大丈夫だと過信していた。根拠薄弱な話だが、本当にそのつもりだったんだよ。引退したら、またきみと旅行したいと思ってた。昔、賢を連れて、三人で下田へ行ったろう」

「楽しかったわね」

孝子が昔を懐かしむ顔になった。

「あの日のおにぎり、うまかったな」

「ちょっと作り過ぎちゃいましたけど」

「いいんだ、弁当は足りないより食い切れないくらいで。それより賢はたまに顔を出すか？」

「あら、お葬式にはいたでしょう。一緒に焼き場にも行ったわよ」

「馬鹿。当たり前だろう」

つい笑ってしまう。孝子といると、いい具合に肩の力が抜ける。今も自分の死に目の話をしているのに、頬が緩む。

「それきりだけど、忙しい子なのよ、あなたと同じで」

「それでも、母親の様子を見に来るくらいの時間はあるはずだ」

「来年のお盆には来るんじゃないかしら。あなたの新盆だもの」

「そんなの、ずっと先じゃないか。家できみを一人にさせておくのは心配だ。賢に頼んで戻ってきてもらったらどうだ」

思いつくまま一息に喋った。ここにきてまばたきの間隔が長くなり、ユキが堪えてくれているのがわかる。だが、――ぱちん。これで五回目だ。

「あの子にも都合があるのよ」

「何の都合だ」

「大事なプロジェクトを抱えているんですって。初めてリーダーを任されて張りきっているみたい。先週も電話でね――」

記憶をたぐるように話しかけた孝子を遮り、わたしは捲したてた。

「どれだけ大事な仕事か知らないが、忙しがっているうちは半人前だ。時間は作るものだからな」

孝子は笑いを堪えた顔をしている。

「うん、まあ賢のことは言えないな」

気を落ち着かせようと、ふう、と息を吐く。

「すまない」

頼む。わたしは祈った。あと少しだけ猶予が欲しい。話したいことがまだたくさんあるのだ。

「どうして謝るの？」

「いつも話の腰を折ってばかりだったからな」

　事務所で倒れた日——。

　わたしは朝から頭痛を辛抱していた。玄関で靴を履こうと下を向いたら、目眩がした。吐き気もする。わたしは明らかに体調の悪さを自覚し、仕事に支障が出るのではと焦った。それもあって話しかけてきた孝子を邪険にしてしまったのだ。

「思い出したわ」

　孝子が手を打った。

「それよ」

　満面の笑みでこちらを指差す。

「今あなたが着ているその背広。いつもの仕立屋さんで新調したのができたって、言おうとしたんだわ」

　ぱちん。

　ユキが六回目のまばたきをした。次で最後だ。もう本当に時間がない。

「素敵じゃない。奮発して、いい生地を使ってもらっただけあるわ」

　言われてみれば、わたしはおろしたての背広を身につけていた。常に同じ型で仕立ててもらうからか、もしくは着るものは孝子に任せていたからか、体に馴染んでいて気づかなかった。

「今度の裁判は大勝負だと言っていたから。験担ぎで、いつもより上等の背広を作ったの。まだこれからも、お仕事を頑張るだろうと思っていたし」

孝子がしみじみとした口振りで言い、わたしを見る。

「よく似合ってますよ。天国で着てもらえたらと思って、棺に入れたんだけど、まさか着ている姿を見られるなんて夢みたい。あなた、最後に帰ってきてくださったのね。嬉しいわ。——お帰りなさい」

そう涙混じりの声で孝子が言ったとき、ぷるぷる身を震わせ、必死に堪えていただろうユキが、——ぱちん。最後のまばたきをした。それを機に、目の前が暗転する。

(ただいま)

最後の言葉が届いたかどうか。わたしの意識はそれきり途絶えた。

6

ユキの目の奥から和夫が消えると、孝子はそこで初めて声を上げて泣いた。

細い肩を震わせ、手で顔を覆っている。

ユキがとことこと孝子のもとへ近寄り、そっと身を寄せた。

「ユキちゃん――」

孝子が頭を撫でようと伸ばした手を、ユキが舐めた。

「ありがとうね」

嗚咽混じりの声で孝子が言い、ぎゅっとユキを抱きしめる。千鶴もたまらず洟を啜った。

二人の話の邪魔にならないよう、さっきからずっと堪えていたのだが、もう辛抱できない。目の縁から涙がこぼれ、たちまち頬を濡らす。

いいご夫婦だったのね。

二人がともに歩んできた道が尊いものだったと、千鶴にも想像がつく。和夫は仕事人間で、家を留守にしていたことを悔やんでいたが、孝子はそんな夫の生き方を肯定していたことがよく伝わってきた。

若い頃はすごく可憐な女性だったろう、と思う。薄化粧で地味な服装だが、孝子はよく動く目が印象的で、笑顔がいきいきしている。

千鶴は柚子茶を淹れ、床に正座していた孝子をソファへ案内する。

「どうぞ」

冷蔵庫の柚子ジャムを使った。たくさん泣いた後には、刺激が少ない飲み物がいい。この家に来るたび祖母が淹れてくれた、甘い柚子茶が千鶴は大好きだった。

「おいしい。ホッとする味ね」

　両手でカップを包み、吐息をもらす。

「今日は来ていただき、ありがとうございました」

「お礼を言うのはこちらのほうですよ。こんなことがあるなんて。あんまり不思議でびっくりしてしまったけれど、あなたのおかげで主人に会えたんですもの」

「そんな。わたしは何も」

「賢に言ったら、信じてくれるかしら」

「ちょっと難しいですよね」

　二人でくすくす笑い合った。

「あ、それから、このことは他の人に話さないでいただけますか。私、仲介者だなんて急に言われて戸惑いましたけど、思ったんです。噂が広がったりすると、騒々しくなって隣近所にご迷惑をおかけするかもしれませんので。息子さんにになら構いませんが」

「ええ、誰にも言いませんよ。わたしもね、このことは自分の胸の中で大事にしまっておきたいもの」

　孝子は言い、両の掌で胸を押さえた。

　それにしても、よく信じてくれたと思う。いきなり家を訪ね、亡くなったご主人が会いたがっている、なんて。たちの悪いセールスマンよりよほど怪しい。なのに孝子は千鶴を追い払わず、話に耳を貸し、この家まで足を運んでくれた。

「こんな突拍子もないこと、どうして信じてくださったんですか？」

おかげで和夫の願いを叶えられたけれど、少々心配にもなる。夫を亡くし、孝子は独り住まいだ。今回はともかく、あまりにも人を信じると危ないのではないか。内心そんな心配をしているのが通じたのか、孝子がカップを置いて言った。

「脇の甘いお婆さんだと思った？」

「い、いいえ。そんな全然――」

「正直な方ねえ。赤くなっちゃって」

千鶴は慌てて手で顔を押さえた。

「大丈夫。わたしだって、長年家を守ってきたんですもの。いくら訪ねてきたのが真面目そうな若いお嬢さんでも、簡単に信じたりしません。あなたのことも、もちろんちゃんと疑いましたよ」

「そうですよね、すみません」

「あなたの絵を見たから、ついていく気になったの」

「あ……」

家を訪ねていくとき、千鶴は絵を持参した。和夫の思い出話をもとに、急いで鉛筆を走らせたラフスケッチだ。ただ黙って聞いているのが惜しくて、いつも持ち歩いているA５

判のスケッチブックの見開きを使って描いた。

息子の手を取り、バタ足を教えている和夫。ビーチパラソルにいる孝子。アルミホイルに包まれた大量のおにぎりに水筒。日に焼けて火照(ほて)った三人の顔や、お風呂で跳び上がる賢。貝殻のオルゴールを手に微笑んでいる孝子。帰りの電車で眠りこけた三人も描いた。話には出てこなかったけれど、家族旅行を目一杯楽しみ、心地よく疲れた三人の姿が目に浮かんだのだ。

「誰も知らない昔のことだし、おまけに絵が上手でアルバムに貼ってある写真とそっくりなんだもの。信じないわけにいきませんよ。主人が海水浴の話をしたのね？」

「一番幸せな思い出だとおっしゃってました」

「そうね」

孝子がうなずく。

「確かにあの旅行は楽しかった」

「奥さんにとっても一番の思い出ですか？」

「順番をつけるのは難しいわね」

昔を懐かしむ面持ちで、孝子は打ち明けた。

「うちの人は仕事熱心でね、家で過ごす時間は短かったけど。でも、最初からそういう人を選んだんだから構わなかった。どんなに遅くなっても、必ず帰ってくると思えば、待つのもそんなに苦じゃなかったのよ。うちは父も同業で、忙しい仕事なのも承知していましたし。旅行に出なくてもそれなりに楽しい思い出はあるわ」

「そうだったんですか」

「むしろ楽な夫でしたよ。出したものはなんでもおいしそうに食べるし、着るものもうるさいことを言わなかったから」

「あの背広、似合っていましたね」

「いつも決まった仕立屋さんにお願いして、作ってもらっていたんですよ。着回せるよう、同じ型で何着か作って。だって、すぐに駄目になるんだもの。夫が汗かきだったからかしらね。帰ってきた後はブラシが欠かせなかった」

千鶴もジャケットは持っているが、ブラシなどかけたことはない。そもそもブラシを持っていない。そのことを伝えると、

「あら、ブラシは大事よ。汗や埃を吸ってよれた背広も、ブラシをかけるとシャンとよみがえるんだから」

孝子が教えてくれた。

「疲れているときは汗の匂いも強くなるの。難しい案件を扱っているときや、裁判が近くなってくると特に。そういうときは風通しのいいところで休ませて、背広を長持ちさせたものですよ」

何も言わなくても、孝子は和夫の仕事の具合を知っていたのだ。一日身につけていた背広の手入れを通じて、夫の大変さを理解していた。

幸せだったみたいですよ——。

ユキの目から消えてしまった和夫に胸のうちで伝える。もう聞こえないかもしれないけど。

「よかったら、あの海水浴の絵をいただけるかしら」

「もちろんです」

他の絵も含めて、後日、色をつけて仕上げて渡すと言うと、孝子は喜んでくれた。そのときには、さっきの二人の絵も描き添えるつもりだ。おろしたての背広を着ている和夫と、隣に寄り添う孝子。長いときを共に生きてきた二人が揃って笑顔を浮かべている、そんな絵を描きたい。

「あら」

孝子が横を見て笑った。気がつくと、ソファの隅でユキが寝ていた。前肢を行儀よく畳み、お供え餅のような格好をして目を閉じている。

「疲れたのねえ」

霊に体を貸すと、くたびれるものらしい。どういう状態なのか千鶴にはわからないが、和夫が話している間も、目を見開き、ぷるぷるしていた。「猫語り」はまばたき七回分の間だと、和夫が言っていた。きっとユキは、和夫が孝子となるべく長く話していられるよう、まばたきを堪えていたのだと思う。

偉い子だ――。

頑張ったご褒美をあげたいけれど。ユキの好物は無脂肪ヨーグルトだけなのかな。他にもあるなら知りたい。桔平が回復したら訊ねよう。大体、「猫語り」について、桔平には訊かねばならないことが山ほどあるのだ。千鶴は孝子を見送った。

外に出ると、重雄の家からカレーらしき匂いがしていた。ぐう、とお腹が鳴る。背伸びをすると、向こうが見えた。窓が細く開いている。あそこが台所なのだろう。

お腹が空いているのは、早朝からラジオ体操で起こされ、久しぶりに動き回ったせいかも。いいな。わたしも食べたい。コンビニへ行って買ってこようか。そう思ったとき、妙な歌が聞こえた。

「りんごとハチミツ〜」

調子の外れた鼻歌に、思わず噴き出しそうになる。

「おっ、千鶴ちゃん」

いきなり窓が大きく開き、重雄が顔を出した。

「こ、こんにちは」

咄嗟（とっさ）に顔を引き締め、千鶴は愛想笑いを浮かべた。

「ちょうどいいところに出てきたな。じきにカレーができるから、一緒にどうだね」

「ありがとうございます。でも、お腹がいっぱいなので」

「遠慮せんでいいぞ。たっぷり作ったんだ」

重雄は窓から手招きしている。達磨の顔のついた、大きな招き猫みたいだ。

遠慮じゃないんだけどな。カレーは大好物だが、まだ重雄と食事を共にできるほどの関係には至っていない。重雄と重ねて、編集者の瀬川のことでも思い出し、食事中に無口になったら、逆に失礼だ。

「ありがとうございます。また今度誘ってください」

「そうかい?」

重雄は残念な顔をしたが、引き下がった。

「じゃあ、また今度な」

窓が閉まると、何だか勿体ない気持ちになった。自分で断っておきながら、妙な感じだ。

顔は怖いけれど、重雄は善人だとわかる。桔平とも親しくしていたから、姪の千鶴に声をかけてくれるのだろう。もし次に誘われたら。そのとき、今みたいにお腹が空いていたら、ご馳走になろうかな。

玄関の戸を開け、千鶴は靴を脱いだ。

しん、としている。ユキはお昼寝中なのか。それとも、まだ千鶴に気を許していないからか。そもそも、主の桔平がいない家が、どことなくよそよそしい。残念な気持ちを押しやって、さっそく孝子に渡す約束をした絵に取りかかることにした。記憶が鮮やかなうちに色をつけたい。

そうだ、絵の具――。

家から持ってきたのは鉛筆だけ。それに、ラフスケッチをしたのもスケッチブックだ。孝子に贈るなら、きちんとした紙に描きたい。千鶴は二階に上がり、桔平の部屋に入った。すでに定年したとはいえ、美術教師をしていたのだから、画用紙や絵の具は持っているに違いない。すぐに見つかるようなら貸してもらおう。

そう思って机の引き出しを開けたら、古めかしい書物が出てきた。

「何だろ」

黄ばんだ表紙に色褪せた墨で『猫語り』と記されている。

はっとしてめくると、裏表紙に猫の絵が描いてあった。ふっくらした輪郭の白い子だ。縁側に寝そべり、丸いまなこでこちらを見つめている。全体は細筆で描かれ、目の色にだけ淡く色がつけてある。

右が黄色で左が青。これ、ユキじゃない！

千鶴は床に座り、書物を広げた。字を少し崩した行書体でしかも古文だから、容易には読み進められない。だけど千鶴は浮世絵には昔から興味があり、その中の文字も読み下してきたので、人より幾分通じている。

読み取れたのは、まずこれが「猫語り」について説明されたものだということと、その成り立ちや決まりについてまとめられていること。その後、目を凝らし、頭を捻りながらなんとか読み進めてみた。

「猫語り」が生まれたのは江戸時代。

歌川国芳（うたがわくによし）の父親で、染物屋（そめものや）を営んでいた柳屋吉右衛門（やなぎやきちえもん）の飼い猫が始めたものだという。

＊

白猫の雌（めす）で、右目が黄色で左目が青色。珍しい金眼銀眼（きんめぎんめ）の雌だった。

名はフク。

昔から、金眼銀眼は縁起がいいと言われているのにちなみ、そう名付けた。

吉右衛門があまりにフクを可愛がるものだから、女房とはしょっちゅう夫婦喧嘩をしていた。

「猫語り」が生まれたのは、吉右衛門が死んだときらしい。

女房との諍（いさか）いのさなかに心の臓の発作（ほっさ）を起こして死んだ吉右衛門は、フクを置いてこの世を去るのが辛く、どうにか一緒に連れていけないものかと、未練がましく家の周りをさまよっていた。

　自分の通夜に忍び込むと、女房が泣いている。夫が早死にしたのは、自分がフクに嫉妬して、始終小言を浴びせたせいだと己を責めている。

　女房の姿を見て、吉右衛門は初めて悔いた。つれなくして悪かった、許してくれと、左前の浴衣姿で張りつくが、女房は気づかない。肩を叩く手はすり抜け、いくら熱心に語りかけようと吉右衛門の声は届かない。こんなことになると知っていたら、もっと大事にしたものを。もう遅いと百も承知で女房に詫びたい。フクだけではない。女房のことも、むろんいとしく思っていたのだと伝えなければ、とてもあの世に旅立てそうにない。

　いっそ成仏を諦め、この世をさまよって女房が死ぬまで待とうかと、吉右衛門が悲壮な決意を固めると、フクがやってきた。

　猫には霊が見えるというのは本当だ。おまけに人の言葉も操れる。

（そんなに思いつめると、まことに成仏できなくなりますよ）

　フクは涙にむせぶ吉右衛門に語りかけた。

（大事にしてくれたお礼に、目を貸してあげましょう）

　まばたき七回分の間、自分の両の瞳の中に姿を映しだし、生者と話せるようにしてやるとフクは言い、ころりと仰向けになると、ふかふかしたお腹を晒した――。

つっかえつっかえ、夢中になって読みふけっているうちに、すっかり時間が経ってしまった。

＊

千鶴は書物を机にしまい、一階に下りた。リビングに入ると、ユキがソファで毛繕いしていた。ぽってりとした後ろ足を高々と上げ、桃色の舌で毛を舐めている。見れば見るほど、可愛い子だ。本当に縫いぐるみが動いているみたい。もう信じるしかないよね。さっき見た和夫と孝子のやり取りは、桔平の部屋にあった本に書いてある通りだもの。ユキはフクの子孫なんだね。同じ白猫の雌で、右目が黄色で左目が青色の金眼銀眼だもんね。モナカもそうだったけど、オッドアイはとても珍しいし、何よりユキは「猫語り」の力を受け継いでいる。そうでなければ、霊を自分の身に迎え入れる、なんて芸当ができるわけがない。猫の絵で有名な歌川国芳のお父さんの、飼い猫の子孫だなんてすごいじゃない。

「わたしが急に霊と話せるようになったのは、ユキが傍にいるからでしょ？」

選択権があるのはユキだと和夫が言っていた。体を貸す相手を選ぶように、仲介役もユキが選ぶのだろう。

ちらと千鶴に目を寄こしたものの、ユキは毛繕いを止めなかった。顔を合わせても、挨拶する気もないらしい。その素っ気なさに苦笑いが浮かぶ。

桔平ではなく千鶴が家に戻ってきたことを歓迎している様子はないけれど、ユキはソファに落ち着いている。少なくとも逃げようとはしない。ならば、と隣に腰を下ろそうとしたら猫パンチが飛んできた。柔らかい肉球がぴしりと千鶴の手を叩く。毛繕いの邪魔をするなんて無礼ね、と言いたげに、むうっとしている。

手強（てごわ）い子だ。飯田さんに見せた顔とは大違い。

でもまあ。少しは進歩があったのだから、今日のところは良しとしておこうか。家の奥に姿を隠された初対面のときと比べれば、多少は距離も近づいているのだから。しばらくの間、よろしくね。

第二話

ぼくの家族

1

ぱたん、ぱたん。おかしな物音がして目が覚めた。

部屋の外だ。軽い足音に聞こえる。

まいったな。千鶴は布団の縁をつかんだ。ひょっとして家に誰か、というか、また霊が来ちゃったの⁉

柱時計の針は、六時を少し回ったところ。昨夜もいろいろ考え事をしていたせいで寝付くのが遅かったから、体の芯には眠気も残っている。とはいえ、こんな物音に気づいてしまったら、もう眠れるわけもない。

ちょっと早過ぎない――？

つい不服を抱いたが、訪ねてきたのなら、会って話を聞かないと。そう思うのに、中々布団から出られないでいる。だって、そりゃやっぱり怖いのだ。前に来た弁護士の飯田さんは温厚な紳士だったけれど、次の人もそうとは限らないし、なんなら悪霊かもしれないわけだから……なんて、想像した途端に怖くなる。

大丈夫。千鶴は胸のうちでつぶやいた。霊といっても、元々同じ人間なんだから、話は通じるはず、たぶん。よし。覚悟を決めて障子を開けると、白い子がいた。

不満げな顔をして千鶴を見上げている。

「ユキ」

ほっとして名を呼ぶと、ふわふわの尻尾を一振りして応じる。そのとき音がした。緊張が解け、千鶴はへなへなとしゃがみ込んだ。何のことはない。ユキが尻尾で床を叩いていただけだった。これってまさに、幽霊の正体見たり枯れ尾花(かれおばな)だ。

「もう。脅かさないで」

千鶴は口を尖らせた。けれど、ユキは返事をしない。オッドアイの目を瞠り、こちらをじっと眺めているだけだ。

「何よ」

ユキは怒っているみたいだった。どうして気づいてくれないのよ、と。尻尾で床を叩く仕草が、いかにもそんな感じがする。こんなとき、言葉が通じないと、気持ちをわかってやれないから困る。

「叔父さん、もう起きたかな」

病院は朝が早い。朝ご飯も早いんだよなと思ったとき——やっと気づいた。

ユキが後ろからついてくる。

「ごめん、ごめん。お腹が空いてたんだね」

音を立てていたのは起こしたかったからみたい。たぶん桔平がいた頃は、毎朝この時間にフードをもらっていたのだ。昨日までおとなしく我慢していたのが不思議だが、ユキなりに健気(けなげ)に遠慮していたのかもしれない。千鶴がこのまま家にいるようだとわかり、我(が)を出しはじめてきた。そんなところだと思う。我慢させて悪かった。

最初の日は家の奥に隠れていて、中々姿を見せなかったユキだが、十日ほど経った今では当たり前のように傍にいる。易々(やすやす)とは触らせてくれないが、近づいても逃げない。少しは千鶴に馴れてきたのだ。そうなると、不満を訴えられてもちょっと可愛く見えてくる。

しばらくこの家にいるなら、桔平のようにきちんと世話をしてちょうだい。ユキはそう言いたくて、意思表示したんだな。そうね、しっかりしなくちゃね。フードはシンク下にしまってある。千鶴は皿を手早く洗い、蓋付きの大きなガラス瓶から、フードを秤で量って入れた。それに加えて、小皿に無脂肪ヨーグルトをよそう。

「はい、どうぞ」

これで機嫌を直してくれるかな。そう願いを込めつつ、千鶴はフードを差し出した。

「ん?」

ちょっと匂いを嗅いだだけで食べようとしない。

(これじゃないわ)

と言いたげな顔で、尻尾を振り立てている。

しかし、こちらにも言い分はある。

「昨日まで、このフードを食べていたでしょ？」

きっちり完食していたくせに、今日になって突然、いったい何が気に入らなくなったのか、さっぱりわからない。ヨーグルトだって、叔父さんの指示通り、ちゃんと無脂肪のものだ。いったいどこが駄目なの？

「ンー」

ユキが抗議の鳴き声を上げる。少なくとも甘えているようには聞こえない。

困った。いきなりの猫またぎだ。気に入らない餌を出されると、お腹が空いていても食べないという、猫特有の厄介なやつだ。

こんなとき、叔父さんだったらどうするんだろ。フードが駄目なら、おやつを与えるのか。それとも食べるまで放っておく？　千鶴自身は一食くらい抜いても平気だが、体の小さな猫を自分と一緒にして考えてはいけないだろうな。

判断がつかないので、急ぎお見舞いに行くことに決めた。桔平にはたくさん聞かなければならないことがある。ユキのことはもちろん、仲介役のこともっと詳しく訊きたい。あの本の文だけだと、まだまだよくわからないから。

叔父さん、今、話ができる状態かな。

病院にいる桔平の体調に思いを巡らす。数日前に行ったときには具合が悪そうで、体力を使わせないように、すぐに引き上げてきた。

千鶴は立ち上がり、ヒーターのスイッチを入れた。ヒーターは点火するまでしばらくかかるけど、何といっても暖かさが違う。暮らしてみて気づいたが、師走の今、木造の家はひどく冷気が忍び込んでくる。パジャマでいたら風邪を引きそうなので、上から一枚羽織っていた。

相手は病人なので、自分が元気でないと、お見舞いには行けない。母が入院していたときもそうだった。千鶴が風邪を引くと、お見舞いは禁じられた。あの頃のことを思い出すと、もう昔の話なのに朝から心細い気持ちになる。

ユキはまだフードを食べてくれない。

「頑固な子だね～っ」

お腹は空いているだろうに、意地を張っているのだ。機嫌をとるつもりで頭を撫でようとしたら、するっと躱(かわ)された。ついでにユキは尻尾で千鶴の手を叩き、くるりと踵(きびす)を返してリビングを出ていった。まるで千鶴に見切りをつけたみたいに。何よ、こっちはいろいろ心配してるっていうのに。

いったい、いつになったら意思の疎通が図れるのやら。仲良くなるまで時間がかかるのは人間と同じか。そんなことを考えていると、外からラジオ体操の前奏が聞こえてきた。

もう、大きな音だな。

隣家にも早起きがいた。心細くなりかけていたのが馬鹿らしくなるような、健康的なメロディに思わず苦笑いが漏れる。この家に暮らす限り、アパートにいた頃のような、夜更かし時々徹夜の生活とは縁遠くなりそうだ。

正午過ぎに病院から戻ると、路地で重雄と出くわした。

「おう」

千鶴に気づき、片手を挙げる。黒くて丈の長い綿入りナイロンコートを着込み、赤いマフラーを巻いている。何だかちょっとアントニオ猪木（いのき）っぽい。少々派手だが、目鼻の造りが大きい重雄は負けていない。

「お見舞いに行ってきたのかね」

「はい、そうなんです」

「偉いね。それでどうだい、様子は」

重雄は太い眉を曇らせた。

「落ち着いているみたいです。もうＩＣＵは出て、普通の病室に入っています」

「そうか、そいつはよかった。気になってね」

本当は、そんなによくない。症状が落ち着いてきたのは確かだけれど、今日も何も話せなかった。桔平は点滴をつけ、ベッドで寝ていた。

重度の腎不全だけに、退院まではしばらくかかりそうだ。看護師さんが言うには、ともかく安静にさせるようにと、主治医から指示を受けているという。仕方なくタオルや肌着などの着替えを置き、代わりに汚れ物を取ってそれだけで帰ってきた。

その辺りの事情を伝えると、重雄が千鶴の顔を見据えた。

「そうか。お見舞いにも行けそうにないな、そりゃ」

睨(にら)んでいるわけではないと思うのだが、顔を直視されると、責められているみたいな気になる。

「そうなんです、すみません」

「いや、謝ることはないが」

訝(いぶか)しそうに言われ、千鶴は言葉に詰まった。いつの間にかまた出てしまっていた。嫌な癖だと自分でも思う。仕事に穴を空けて多くの取引先に迷惑をかけて以来、まず謝ってしまうようになってしまった。

「ご心配をおかけして申し訳ないな、と」

「いや、なに。確かに心配だがね」

重雄はうなずき、渋い顔をする。

「しかしまあ、焦らないことだ。若い者と違って、治るのにも時間がかかる」

「はい、そうですよね――」

「だが、病気の進行も遅いから、その点は安心なんだよ」

重雄が大きな口の両端を上げてニッカリと笑った。

「そうなんですか？　治るのに時間がかかるのと同じ理屈ですか？」

「治るのが遅いのは体力が落ちるからだな。病気の進行が遅いのは、また別だ。歳をとると、細胞分裂も不活発になるんだよ。筋肉痛なんかも遅いだろう。若いうちは翌日、ともすればその日のうちに来るのが、年寄りになると忘れた頃になってようやく来る」

「それ、よく聞きます」

「まあ、わたしはいまだに翌日に来るがね」

重雄はさらに口の端を上げる。満面の笑みだ。

「すごい。お若い証拠ですね」

「いやいや、それほどでもないよ」

口では謙遜しつつ、重雄の口調には得意そうな色がにじみまくっている。強面の重雄だが、笑顔だとちょっぴり愛嬌があって親しみやすくなる。

「つまり、じっくり構えればいいんだ。退院まで、初めから長くかかるものと思っておけば、そう焦らずに済む。なに、病気は誰にとっても厄介な敵でね、やっつけるのには骨が折れるもんだ」

千鶴は一瞬ぽかんとした。さっきから何の話かと思っていたが、腑に落ちた。少々回りくどいけど、おそらく重雄は慰めてくれているのだ。こちらを見下ろす眼光に、ほんのり優しい色が窺える。

「ありがとうございます」

病気が手強(てごわ)いことはよく知っている。

母が亡くなるまでに辿った道のりを思い返すと、今も胸が重くなる。病気は厄介で、何度でもこちらの期待を裏切る。それでも、歳をとると病気の進行が遅いとの言葉には、少しばかり心が軽くなる。

「しかし、島村さんは恵まれとるよ」

重雄はしみじみとつぶやいた。

「留守を預かってくれる親戚がいれば、安心だろう。それが何よりの薬だ。ユキちゃんのこともあるし」

「ただ家に泊まっているだけですけどね」

ユキには懐かれていないし、実際どこまで役に立てているか怪しいものだ。仲介役も……。

「でも、わたしも叔父が入院してくれているほうが安心です。病院にいれば、十分な治療も看護も受けられますから。三度の食事もきちんと出てきますしね」

「おまけに栄養満点だ」

「ありがたい話ですよ。何なら、わたしも入院したいくらい」

病院にいれば、急に発作が起きたときも誰かが助けてくれるから、と胸の中でつぶやく。

「千鶴ちゃん、どこか悪いのかね」

「いえいえ、どこも。ちっとも」

千鶴は慌てて笑顔で否定した。

「わたしは健康ですから」

体は、とまた胸のうちで付け加える。

「それは重畳(ちょうじょう)」

重雄は千鶴の目を見ながら難しい言葉を使った。重畳って……。時代劇じゃあるまいし。

「しかし、いくら若く見えるといっても、島村さんも還暦を過ぎているんだからね。歳を考え、先生の言うことを聞いて体を大切にするようにと、わたしが忠告していたと伝えてくれ。それから退院したら健康作りのために一緒にラジオ体操をしようと――」

「わかりました。今度病院に行ったとき、伝えますね。では――」

この辺りで話を終えようとしたのだが、重雄が口を開いた。

「ところで、少しはこの辺りにも慣れたかね。田舎町(いなかまち)だが、近くには大きな公園やいい肉屋さんもある。いや、そこの唐揚げは絶品なんだ。よければ案内するが」

「そうなんですか。お肉屋さんならコロッケ買いたいな、好物なんです」

「コロッケもうまいぞ。あそこの衣はさっくりして胃にもたれないんだ。何だったら、今日でもいいが」

「いえいえ、そんな。ご迷惑でしょうから」

美味しいお肉屋さんは気になるが、わざわざ重雄に道案内を頼むのは申し訳ない。そのうち折を見て自分で探せばいい。

「迷惑なものか。あいにく今から出かけるが、一時間もすれば帰ってくる。その後どうだね。遠慮することはないよ」

今日はもう特に予定もない。掃除機でもかけようかと思っていたくらいだ。

「でも、今からお出かけになるんですよね」

「なに、大した用事じゃない。薬をもらいに行くだけだ」

「お薬？　高井戸さんこそ、どこか悪いのですか」

「別に病気じゃないんだ。整形外科だ」

躊躇（ちゅうちょ）している千鶴の顔色を気にしてか、重雄が慌てて付け加えた。

「お怪我ですか？」

「うむ、まあな」

〝翌日筋肉痛〟自慢の後だけに、決まりが悪いのか、重雄は言いにくそうにしている。言われてみれば、重雄は腰を庇(かば)っているように見えないでもない。無理して背筋を伸ばしているというか、立ち姿がどことなくぎこちないのだ。

「わかるかね」

と、重雄が眉根を上げた。眉が太いから動きがよくわかる。

「ひょっとして、ぎっくり腰とか」

「ほう、中々のご慧眼(けいがん)だな。まあ、正確にはぎっくり腰ではないが、どうも腰の調子がね」

「大変じゃないですか」

たちまち千鶴は心配になった。ぎっくり腰は息をするのも辛いくらい痛いと聞く。それに近い症状の人に、道案内をさせるところだった。

「早く治るよう、安静になさってください」

「ありがとう。しかし安静にばかりもしていられん」

きっぱりとした口調で首を横に振る。

「うちにはマロンがいるんだ。あいつを毎日散歩に連れていってやらなくちゃならん」

「そうでしたね。可愛いマロンちゃんのためには仕方ないですね」

犬の飼い主は大変だ。猫なら散歩に連れていかなくて済むから、その点はよかった。

「それが辛いところだが、心配ご無用。マロンのためにも気合いで治す」

重雄は胸の前で拳を固めた。そんなポーズをすると、ますます猪木みたいだ。やたらと声が大きいところもそれっぽい。もしかして寄せてたりして。千鶴がそんなことを考えているとも知らず、重雄は満足したような顔で腕時計を見て、「あ」とつぶやいた。整形外科の予約の時間が迫っているのかもしれない。

「じゃあ、行ってこよう。折りを見て、肉屋さんに誘うから。コロッケ買おう」

「ありがとうございます。ぜひ唐揚げも。では、気をつけて行ってきてくださいね」

「おう」

威勢のいい返事を返し、重雄は気持ち腰を屈めながら、ずんずん歩いていった。

千鶴は重雄の頼もしい後ろ姿を見ながら感心した。本当に気合いで治してしまいそうだ。聞けば、あれで六十代半ばというから、その元気さに驚く。あんなふうにパワーがある人が羨ましい。

そうだ。ユキはフードを食べたろうか。結局、桔平には何も訊けなかったから、千鶴はノーアイディアのままだ。まだフードを食べないようなら、違うフードを買ってくる必要があるかな。

「あの」

つらつらと考えながら桔平の家の門を通り、玄関の鍵を開けようとしたところへ、声をかけられた。

振り向くと、知らない青年が立っている。

「ああ、よかった」

青年は千鶴を見て破顔した。誰だろう、自分にこんなイケメンの知り合いはいないはずだ。

「やっと来られました。僕が見えるんですね？」

「あっ」

そこでようやく気づいた。

「ここ、わかりづらいですかね」

「わかりづらいというか、少しの手掛かりで不案内な土地を歩きまわっていたので、本当にたどり着けるかどうか半信半疑だったんです。ともかく無事に着いて安心しました」

感慨深げにつぶやき、青年は枯平の家を眺めた。それからふたたび千鶴に目を向け、恐縮顔で言った。

「急に訪ねてきてすみません。今、大丈夫ですか？　もしご都合が悪ければ、出直します」

「え、あの。わたしまだ見習いで、よくわからないんですが、それでもよろしければ――」

「もちろんです。ああ、よかった」

礼儀正しい青年だった。

チェック柄のリネンシャツに、ベージュ色の細身のチノパンがよく似合っている。二十歳くらいか。柔和そうな、感じのいい顔をしている。

が、生きている人ではない。

体が透けているし、足に目を移せば、地面からわずかに浮いている。霊って足下でもわかるんだな。

2

正直なところ、自分でも驚いている。

まさか、こんなふうに霊になって人を訪ねる日が来るとは、生きていたときには考えたこともない。死んだら無だと思ってたし。そもそも、こんなに早く死ぬとは思っていなかった。

でも、これが現実だ。

川本洋一は死んで霊になった。

享年二十二。

葬儀場に自分の名を見つけたときは衝撃を受けた。あろうことか、名前の上に「故」とついている。

いったい何のことかと、ぽかんとしている洋一の前を、見知った顔がいくつも通り過ぎていく。みな喪服を着て、一様に沈痛な面持ちで肩を落としている。慌てて声をかけたが誰も振り向いてくれなかった。この状況をどう理解したものかと、あれこれ考えているうちに通夜が終わっていた。

それからどうしたのか、洋一は今も元の世を漂っている。いや、実際はいないも同然だ。誰の目にも見えず、話しかけても反応はない。それで自分がいわゆる霊になってしまったと気づいた。

だが、今、目の前にいる女の人は例外だ。この人には洋一が見えている。声をかけたら振り向き、目が合った。会話もできているのだから間違いない。

「猫語り」というものの存在を、死んでから通りすがりの老人に聞いた。その老人も洋一と同じであの世に行かず、死んでからも留まっていたが、「猫語り」をして、これでやっとあの世に行けると言っていた。すぐに信じられる話ではなかったけれど、突然どこからともなく声が聞こえ、その後どうにかこうにかここまで来たのだ。家の周りを囲った苔むした石塀には、「島村」と書かれた表札が埋め込まれていた。塀の向こうには立派な椿の木が見える。ここだ、と思い、奥まで足を踏み入れてみたら、このお姉さんを見かけた。

生きている人と話が通じるなんて、死んでから初めてだ。まさに地獄で仏の心境で、縋りつく思いで声を出した。

振り返った女の人は、小動物を思わせる顔をしていた。目が丸い。ほとんど化粧もしておらず、長い髪をさらりと背中に垂らしている。身につけているのは学生みたいな深いネイビーのダッフルコートにジーンズで、履いているのもシンプルな黒いショートブーツだが、おそらく洋一より年上だと思う。二十代半ば、ひょっとすると三十近いかもしれない。

この人が仲介役だと洋一は確信を得た。老人から聞いた、まだ見習いという情報とも一致する。

だとしたら、ぜひとも「猫語り」をさせてもらいたい。このままでは一生、――もう死んでいるけど、霊のまま元の世をうろつく羽目になりそうだ。

「ところで、この家に猫はいますか」

「いますよ」

女の人は口許に笑みを浮かべ、洋一を見た。

「それは、あの、目が特徴的な猫ですか？」

「ええ。オッドアイというらしいんですが」

「やっぱり、ここが『猫語り』の家なんですね」

「そうです。どうぞ入ってください」

門扉(もんぴ)を開け、女の人は洋一をいざなった。

　家の中は古めかしかった。

「お邪魔します」

　女の人はスリッパを用意してくれたが、すぐにお互い気まずい顔になった。

「すみません、履けませんよね」

　女の人が詫び、二人して笑い合った。突然やって来た霊の自分を家に招(しょう)じ入(い)れ、スリッパを用意してくれる、その気遣いが嬉しかった。

「素敵なお宅ですね」

　洋一が言うと、女の人が目を細めた。

「ありがとうございます。祖父母が建てた家なので、だいぶ古いですけど。居心地がいいので、わたしも気に入ってます」

　そう聞いて、合点(がてん)がいった。道理で、懐かしい感じのする家だと思った。

　築年数はありそうだが、清潔だ。飴色(あめいろ)の床はよく磨かれていて、前を歩く女の人が映っている。けれど、洋一の姿はない。足音も一人分だけ。

　廊下の突き当たりは、板敷きのリビングだった。

「ちょっと待っていてください。何とか連れてきますので」

女の人は灯油ファンヒーターのスイッチを入れ、リビングを出ていった。

何とか？　洋一は首を捻りつつ、女の人を待つ間、室内を観察した。

すごいな、広い。二十畳近くありそうだ。南向きに大きな掃き出し窓があり、日射しがたっぷり入ってくる。端にはソファが置かれ、壁には木の枠の時計が掛かっている。家具は年代物で、それが却って落ち着く。田舎の――洋一にはそんなものがないけれど、祖父母の家という雰囲気で、何とも居心地がいい。

掃き出し窓の傍らにはイーゼルが置かれ、書きかけの大きなキャンバスが載せてある。まだ下絵の途中というところで色もついていないが、ずいぶん上手だった。素人目にも達者な絵だとわかる。

あの人が描いたものだろうか。もしかして画家なのかなと、ちらと思う。確かにちょっとそれらしい雰囲気がある。流行を追う気もなさそうな服装といい、人と群れないで、一人で絵を描いている姿がなんだかしっくりくる。

家の中は静かだった。カチカチと灯油ヒーターが点火しようとしている音が聞こえる。玄関に出ていたのは、女物のショートブーツ一足だった。この家に独り暮らしなのだろうか。だとしたらとても贅沢だ。洋一の家の茶の間は、このリビングの半分の広さもない。

やがてヒーターが動き出した。洋一の家でも同じようなファンヒーターを使っている。エアコンだと顔ばかり熱くなって、体がちっとも温まらん、と祖父の文男が言うからだ。

いちいち灯油を入れるのが面倒だけれど、やはりヒーターはいい。火のぬくもりを感じられて、体の芯から温まる。寒い日に帰ってきてヒーターがついていると、ほっとする。ただ、それは今は感じられず、記憶の中だけのことだ。

洋一は火事で死んだ。けど、あのときの怖さや怪我の痛みは肉体と共に消え失せている。大火傷を負ったはずなのに、その痕ももはやない。洋一は、死ぬ前の元気だった頃の姿に戻っている。どういう仕組みか知らないけど、おかげで助かった。火傷だらけの姿だったらさすがに怖がられて、対応してもらえたかどうか危うい。

女の人が戻ってきた。腕に白い猫を抱いている。ふわふわとした毛糸玉みたいな子だ。猫雑誌の表紙を飾れそうな器量よしである。

「この子がユキちゃんですか？」

洋一が訊くと、

「そうです」

女の人は猫を見て、うなずいた。

「わたしは島村千鶴といいます」

「川本洋一です。生前は消防士をしていました」

「大変なお仕事ですね。あの、ひょっとして、亡くなられたのはお仕事の関係で――？」

「そうなんです。しくじっちゃいまして」

ビル火災の消火をしているときに、気づけば炎に囲まれていた。どうにか中にいた人を助け出したが、救助に必死で、己の退路にまで考えが及ばなかったのだ。しばらく入院して治療を受けていたことは、自分の葬式に行って知った。

死んだことは仕方ない。でも、心残りがないとは言いがたい。そういう微妙な気持ちを読んだのか、千鶴は小さくうなずくと、話題を変えた。

「川本さんは、ユキに『猫語り』を頼みにきたんですよね」

「はい。ぜひお願いします」

荒唐無稽な話だとどこかでまだ思っていた。が、千鶴は自ら「猫語り」と口にした。期待感が一気に高まる。

老人から「猫語り」の話を聞いた後、どこかから話しかけられた。

（誰かに会いたいの？）

訊ねてくる声が何とも可愛い。

（わたしはユキ。猫よ。何なら、わたしがお世話してあげてもいいけど）

なんでも、お布施を差し出せば、瞬き（まばた）七回分の時間、体を貸してくれるという。その間は生きているときと同じように話ができるのだとか。

突拍子もない「猫語り」の話を聞いても洋一は心からは信用していなかった。霊に体を貸してくれる猫？　きっと都市伝説だろう。人間がそういうオカルトめいた噂話が好きなのは死んだくらいでは変わらないのだくらいに思っていた。

それがどうだ。猫のほうから声をかけてくれたではないか。突然死んでしまって、洋一はこの世にしっかり未練を残している。そう思って辺りを見回したのだが、どういうわけか声の主である猫の姿が見当たらない。

（ただし、わたしの家にたどり着けたらね。椿の木が目印の古いお屋敷よ）

舌足らずな声で、からかうみたいに続けてきた。つまり探してみろ、というわけだ。よし、こういうチャレンジは嫌いじゃない。以来、洋一は椿の木の屋敷を探して、延々とうろつき回っていたのである。

予想以上に容易じゃなかった。

（そっちじゃないわ）

声はすぐ傍（そば）で聞こえるのに、姿が見えない。だから、

（こっち、こっち）

そう言われても、こっちが果たしてどっちなのか特定するのが難しく、何度同じような場所をぐるぐると行ったり来たりしたことか。

要するに、試されているのだと思った。声を頼りに、家にたどり着けなければ失格。「猫語り」の機会は得られない。生きている人と話をさせてくれるなんて、霊にとっては

ありがたい存在だ。きっと我も我もと希望する霊が後を絶たないから、そうやってふるいにかけているんだろう。

この子があの声の主で、霊界で知られた猫か。抱っこされながら、ユキは千鶴の手に歯を立てていた。やんちゃだな。千鶴も苦笑いしている。でも、可愛い。ユキは縫いぐるみのようだった。目がぱっちりとして、真っ白な細い毛先がカールしている。ちょこんと立った耳の中と鼻が桃色なところといい、よくできた作り物みたいだ。

へえ——。

意外だった。霊に体を貸してくれるというから、もっとマンガに出てきそうな化け猫を想像していた。例えば尻尾が二つに分かれているとか、見るからに妖しい感じだろうと勝手に思っていた。

ユキは普通に可愛い猫だ。正直に言うと、少し頼りなげに見える。

大丈夫かな。一瞬、疑ってしまった。こんな小さな体を借りて、生きている人と話すというのもイメージが湧かない。けれど、まあ霊には実体がないのだから、そこは何とかなるのだろう。

ユキは千鶴の腕の中から、じっと洋一を眺めている。

（まだ体を貸すとは言ってないわよ。ただじゃないんだから）

と、細い声が胸に語りかけてくる。

「え？」

思わずユキを見つめた。

（わたしの体を借りたいなら、お布施をいただくわ）

そうだ。お布施がいると確かに聞いていた。あのとき胸に語りかけてきたのと同じ声で、あたかも洋一が疑ったことを窘めるような、絶妙なタイミングで話しかけてくる。

ユキは身をよじって千鶴の腕から下りると、洋一へ向かってよちよち歩いてきた。膝の前で止まり、顔を上げる。さあ、ちょうだいよ、と言いたげな目で洋一を見上げる。そのとき、左右の瞳の色が違うことにあらためて気づいた。右が黄で、左が青。すごく綺麗だ。吸い込まれそうで、眺めていると目が離せなくなる。

「お布施ですね、聞いておりました」

洋一はうなずいた。霊界で評判になるだけのことはある。この子は、ただ者、いやただ猫ではない。信じて身を委ねよう。

「でも、どうやってお納めしたらいいですか。ぼく、お金は持っていないんです。あるのはこれなんですけど」

シャツの胸ポケットを探り、一枚の紙を出した。六文銭の絵が描いてある。三途の川の渡し賃だと思う。おそらく祖父の文男が棺桶に入れてくれたものだろう。これを渡したら、いざ三途の川を渡るときに困るかもしれないが、お布施にできそうなものは他にない。

洋一がその絵を差し出すと、ユキはぷいと横を向いた。気に入らないようだ。

「これじゃ駄目ですか」

チノパンの右ポケットには真新しいタオルハンカチが入っていた。しっかりした綿の素材の使いやすそうなものだが、猫が欲しがるとは思えない。ならば、と左ポケットに手を入れると、一枚の写真が出てきた。

こんなものが入っているとは気づかなかった。虚を衝かれ、洋一は写真に見入った。

濃紺の制服を着た洋一を真ん中に、両脇に祖父の文男と妹の真奈がいる。

消防学校の入校式の日の写真だ。出発する前に、家の前で記念に三人で撮った一枚である。このとき洋一は十八だった。もう四年ほどが経つのか。文男は当時とあまり変わらないけれど、真奈は幼い。四つ下だから、この頃はまだ中学生。洋一の隣でおどけたポーズを取り、八重歯を見せて笑っている。洋一も笑顔だ。真面目な顔で写るつもりが、つい真奈につられたのだ。目尻が垂れ、軟弱そうな顔をしている。

何だよ、と写真の中の自分へ文句を言った。せっかく制服に制帽で決めたのに、もっと凜々しい顔をしろよと、小突きたくなる。

でも、楽しそうだ。眺めていると、あの日の真奈のはしゃぎ声や、文男の低い声が耳に戻ってくる。

写真を撮ってくれたのは隣の家のご主人だった。立派になったねえ、と制服姿の洋一を見て、目を細めていたことを憶えている。

いやあ、と文男のほうが照れて、鼻の下をこすったところも目に浮かぶ。実際、喜んでくれていたのだと思う。洋一がしっかりした仕事についたことで、昔気質(むかしかたぎ)の文男はすごく安心したみたいだった。

足下を見ると、ユキがすぐ傍にいた。こちらに体を寄せ、小さな顔をもたげている。

(そういう話を聞かせて)

透きとおった青と黄色の目でこちらを見つめ、小さな声でささやきかけてくる。

(あなたの人生で一番幸せな思い出が知りたい。それがお布施よ)

洋一はその場に腰を下ろした。姿勢が低くなると、その分ユキの顔が近づく。

それがお布施? え、そうなの?

まさか、そんなものを求められるなんて思いもしなかった。

楽しい思い出はたくさんあるはずだけれど、一番を選ぶとなると難しい。例えばこの写真を撮った日も十分に幸せだった。晴れて消防学校に入る記念の日で、文男と真奈に祝福してもらった。出棺時、この写真を洋一のポケットへしのばせたのが二人のどちらなのかはわからないが、人生の門出の日を写した一枚だからと、選んでくれたのだと思う。

でも、それが一番かというと違う気がする。生きているときには、洋一にも色々なことがあった。二十二年の人生で、文句なしに幸せだった瞬間が、このとき以外にもあるはずだ。家族といれば毎日楽しかったから。

(仲が良さそうだものね)

ユキが身を乗り出し、写真を覗き込んだ。

その通り——。

本当に仲が良かった。生きている間は特に意識したこともなかったけれど、それは間違いない。改めて思い出そうとすると、浮かんでくるのは似たような日常の景色ばかりで、語るほどのものかどうかわからないけれど。

平凡で穏やかな日々を好んで生きてきた。地味過ぎて、映画や漫画の題材にはとてもなりそうにない。でも、洋一にとってはかけがえのない日々だった。思い返すと胸が切なくなる、懐かしい日々を頭の中で辿っていく。

ユキはじっと目を瞠って待ってくれている。窓から入る日射しを浴び、白い毛がつやつや光って綺麗だ。ユキの傍にいると、ほんのり優しい気持ちになる。

洋一の家もそんな感じだった。そうだ、この話にしよう。

3

両親がいないと言うと、決まって同情される。それが世間だ。

ぼくは物心ついた頃から「かわいそうに」と言われることに慣れていた。が、それは不幸だという意味ではない。人の目がそういうものだと早いうちから知っていたというだけだ。

クラスには、両親が離婚して片方の親と暮らしている同級生はいたけれど、両方いないのはぼくだけ。祖父(じい)ちゃんからは、両親とも事故で亡くなったと聞かされていた。友だちは普通にいた。取り立てて目立つ人気者ではなかったが、クラスの輪の中心周辺にはいたのだ。

友だちには恵まれていたほうだと思う。いい奴ばかりで、親しくなると、決まって家に誘われた。

訪ねていくと、いつもたくさんの料理が出てくる。エプロンをつけた母親が、カレーライスやハンバーグといった、子どもの好きそうな手料理を並べてくれるのは、どの家も同じ。ときには父親が出てきて、庭でバーベキューなんてこともあった。

もちろん嬉しい。ありがたいとも思っている。でも、内心複雑だった。

つまり、こういうことだ。自分では普通の子どものつもりでいるけど、周りはそう思っていない。ぼくは傍目には、やっぱり不憫な子どもなのだと、友だちの親の態度でわかるから、微妙に傷つくんだ。

「普段はお家でどんなものを食べてるの？」

――やっぱり店屋物が多いのかしら。それともコンビニのお弁当？

そんなふうにストレートに訊かれることはたまにだったが、とはいえ、食生活を探られることは多かった。

――お祖父さんは昔の人だから、台所仕事はあまり得意ではないでしょうね。

友だちの親が胸中で案じていることは、たいてい透けて見える。その都度、ぼくはもどかしい思いをした。

祖父の文男は、自衛隊の糧食班の隊員だった。調理師の免許を持っており、長年駐屯地で食事を作っていた。大勢の隊員に時間通り配食する日々の賜物か、祖父ちゃんは料理の手際もよく、メニューも豊富だ。たぶんクラスの誰より、ぼくと真奈は毎日おいしいものを食べていたと思う。

要するに、いつも見当違いの心配をされていたのだ。だけど、黙っていた。親切心から招待されていることはわかっていたし、どうせすぐに誤解は解ける。誘ってくれたお返しに、友だちを家に呼べばいい。

「洋一と仲良くしてくれてありがとうよ」

そう言って友だちに優しく語りかける祖父ちゃんはお菓子作りもお手のものだ。その辺の菓子店のものより、よほどうまい。友だちが来ると、さっとパウンドケーキやクッキーを焼いてくれる。一口食べると、みんな一様に目を輝かせる。何も言葉は要らない。

家には、古いが立派なオーブンがある。

祖父ちゃんが自衛隊を退職したときに買ったという年代物だ。肉でもお菓子でも、そのオーブンで焼くと本格的な味になる。物心ついたときから家にあったから、もう十五年くらい使っているはずなのに、壊れない。祖父ちゃんと同様、古くても頑丈で頼りがいがあった。

そんなわけで、両親がいなくても、ぼくは何の不足もなかった。家には祖父ちゃんと真奈がいる。三人揃っていれば、それで十分だった。幼い真奈は色々と寂しい思いをしただろうけど。

真奈が小学校の高学年になるくらいまでは、三人で一緒の部屋に寝ていた。狭い六畳間に布団をくっつけて敷いて、川の字になる。寝相の悪い真奈に蹴られるのも愉快だった。怖い夢を見たときも、すぐ隣に二人がいるから、いつでもぼくは安心して寝られた。布団を三枚並べて敷けば、大きなベッドみたいになる。ことに冬は便利だ。寒いときに隣の布団へもぐり込めるのがいい。

おまけに冬にはクリスマスがある。

毎年、祖父ちゃんは十二月に入ると、オーブンでシュトーレンを焼く。生地にドライフルーツやナッツを練り込んだ、ずっしりと重いドイツの伝統菓子だ。近頃はよく見かけるようになったが、ぼくが子どもの頃はまだ知られていなかった。恐るべきことに祖父ちゃんは、流行の最先端を走っていたのだ。

祖父ちゃんのシュトーレンにはレーズンと胡桃がたっぷり入っており、実に歯応えがあった。見た目は大振りなコッペパンみたいで、表面にはたっぷり粉砂糖がまぶしてある。それを毎日薄く切って食べる。そうやってクリスマスまで楽しむのだ。

同じ頃、台所には祖父ちゃん手製のアドベントカレンダーが飾られる。紙コップを組み合わせてツリーを模したもので、金や銀の折り紙で作った日付がついている。中にはチョコレートや飴玉が入っており、毎日真奈と一緒にわくわくしながら開けた。十二月は丸ごとお祭りみたいだった。遊びに来た同級生がアドベントカレンダーを見て羨ましがり、クラスに広まったときはくすぐったい思いをしたものだ。

「格好いい祖父ちゃんだな！」

そんなふうに友だちに褒められると嬉しかった。同時に、見る目のある奴だな、と思う。だって本当にすごいのだ。手先が器用で、料理が得意で、クリスマス本番には七面鳥を買ってきてローストする。ケーキも毎年違うものを焼いてくれる。ぼくはチョコ味のブッシュドノエル、真奈はバタークリームケーキが気に入っていた。もっとも、デコレーションケーキなんかと比べれば、そりゃあ見た目も味も素朴だ。それでも祖父ちゃんのケーキはうまい。

毎年、クリスマスが近づくと、祖父ちゃんは図書館に通って料理やお菓子作りの本を借りてくる。シュトーレンやアドベントカレンダーの存在は、それらの本に書いてあった。大事に付箋をつけて、チラシの裏にメモをしていた姿を憶えている。

そう、祖父ちゃんは勉強熱心だ。生真面目で凝り性で、でも横文字に弱い。何年か前まで、祖父ちゃんはアドベントカレンダーをアベドントカレンダーと呼んでいた。それが可笑しくて、今となっては切なくて、思い出すと涙が出てきそうになる。

ぼくも真奈も祖父ちゃんの一生懸命にずっと守られていた。孫二人が年寄りの手で育てられたせいで恥をかかないように、肩身の狭い思いをしないように、その一心で祖父ちゃんは常に心を砕いてくれていたんだ。

親戚がいても、どうしても正月は寂しい思いをする。だからその前に控えるクリスマスでは、孫たちを思いきり笑顔にしてやりたい。そういう祖父ちゃんの心遣いが、シュトーレンから始まるクリスマスには目一杯詰まっている。当時は当たり前に感じていた、祖父ちゃんの優しさがどれだけ尊いものだったか、大人になって、ぼくはそのことに気づいた。

イブの晩、祖父ちゃんはサンタクロースになる。

どこで買ったのか赤い上下の服を着て、ぼくと真奈の枕もとにプレゼントを置く。レゴブロックに始まり、ラジコンで動く恐竜や折り畳み式のトランポリンなど、欲しいと思っているものがちゃんと毎年届いた。祖父ちゃんはぼくと真奈が書いたサンタ宛の手紙を読んで、プレゼントを用意してくれるのだ。

むろん、ぼくは早くからサンタの正体を知っていた。

ある年、祖父ちゃんがプレゼントを置いているのを、薄目を開けて見ていたからだ。真夜中にこっそり川の字の床から身を起こし、隣の部屋で赤い服に着替え、誰も見ていないのにサンタクロースになって戻ってくる。これが傑作なんだ。祖父ちゃんは昔ながらの日本人といった和風の顔だから、その手の扮装が薄目で見てもまるで似合っていなくて、噴き出しそうになるのを堪えるのが大変だった。

誰も見ていなくても祖父ちゃんはサンタクロースの格好をする。気合いが半端(はんぱ)ない。どうしてそこまでするのか不思議だったけど、たぶんあれは真奈のためだな。大人になったとき、笑顔で子ども時代を振り返れるようにと思っていたんだろう。祖父ちゃんは本物のサンタクロースだ。

祖父ちゃんのおかげで、真奈もいい子に育った。サンタクロースの正体に気づいたときから、祖父ちゃんにプレゼントを贈るようになった。それも手作りだ。ある年は小遣いで毛糸を買ってきてマフラーを編んだ。縄模様で両端にボンボンがついていたのが最初で、った。

次の年が手袋。その次の年は帽子だったっけ。どれも小学生が作ったとは思えない力作だった。

ぼくが中学三年生のときのクリスマスは最高だった。何しろ、家で三人のサンタクロースが鉢合わせしたのだ。相変わらずサンタ姿の祖父ちゃんは、その年もこっそり枕もとへプレゼントをしのばせようとした。大きくなったぼくも真奈もそれに倣(なら)い、夜中にこそこそ動いたから、そんな事態に陥ったわけだ。

「言ってくれたら、ちゃんと時間をずらしたんだけど」

ぼくがぼやくと、サンタクロースの祖父ちゃんと真奈は噴き出した。

結局、三人のサンタクロースは公然のものとなった。祖父ちゃんからは黒い革ベルトの腕時計、真奈からは洒落たシャーペンを贈られた。春に高校へ入学するぼくのために、二人が選んでくれたものだ。真奈が祖父ちゃんに贈ったのは手編みのベストだった。祖父ちゃんは真奈にピカピカ光るエナメルの靴を用意していた。

こちらからは、真奈にペンケース、祖父ちゃんに風呂掃除券を渡した。

「何それ」

まるで小学生のようなプレゼントだと、真奈は呆れた。

「ペンケースを買ったら、金が足りなくなったんだよ」

「それなら、わたしはよかったのに」

まったく、真奈には冗談が通じない。もし本当にそうだったとしても、そんなことを言うわけがないじゃないか。

淡いピンクの革のそれは、デパートの文房具売り場で買ったもので、五千円くらいした。大きな出費だったが、貯金はまだ残っていた。実際、祖父ちゃんにはもう一つプレゼントを用意していたし。

その年のクリスマスは大雪が降った。

本当なら午前中に届くよう手配していたのだが、大雪の影響で、到着は夕方近くになった。

ぼくが祖父ちゃんに贈ったのは食器洗浄機である。セールになっていた型落ちのものだが、十分な機能が備わっていた。少しでも祖父ちゃんに楽をさせたくて、小学生の頃からこつこつ貯めていた小遣いをはたいて買った。食器洗浄機がぼくからのプレゼントと知り、祖父ちゃんは目を赤くした。

ロボット掃除機と迷ったのだが、そちらは金が足りなかった。

「だったら、次はわたしもお小遣いを出すよ」

祖父ちゃんの前で真奈が協力を申し出る。

「よし、じゃあ来年はロボット掃除機な」

「うん、いいね！」

それで翌年のプレゼントは決まった。まあ、結果を言えば、さすがに二人分の小遣いを足しても、一年でロボット掃除機を買うのは難しかったけれど。

そのとき、生まれて初めて祖父ちゃんの涙を見た。

食器洗浄機に加え、孫が自分のために金を出し合い、二人でロボット掃除機まで贈ろうとしているのがよほど嬉しかったのだろう。真っ赤な目をしてうつむき、ごつごつした拳で目の下を拭(ぬぐ)っていた。ぐっと唇を引き締め、嗚咽(おえつ)を堪える泣き方が、昔の任俠映画に出てくる主人公みたいだな、と思ったのを憶えている。

ぼくは別に太っ腹でもないけど、プレゼントはもらうより贈るほうが好きだ。

プレゼントを贈りたい人がいて、相手が喜んで受けとってくれる。それってすごい奇跡だと思うし、たぶん、プレゼントの醍醐味(だいごみ)はそこにあるんだと思う。

祖父ちゃんが喜ぶ顔を思い浮かべながら、食器洗浄機を選ぶのは楽しかった。お金を払うときもずっと、わくわくしていた。

ちなみに、消防士になったのも祖父ちゃんの影響だ。

ぼくは祖父ちゃんみたいな大人になりたかった。祖父ちゃんのおかげで丈夫に育った体を使って、誰かの大切な人や家を守る仕事に就きたかった。なのに、消防士になって数年、二十二で死んでしまうなんて馬鹿だよな。祖父ちゃんみたいになるには、自分のことも大事にしなくちゃいけなかったんだ。

ずっと家族でいたかったのに。風呂掃除券を贈ったのも、ぼくとしては大真面目だった。祖父ちゃんにはいつまでも長生きしてほしかった。そのために、便利な家電やぼくの手助けを使って楽をして、体を休めてもらいたい。いつもそういう気持ちを持っていたんだ。

「風呂掃除券は自動更新だから。一年分と書いてあっても、永久に有効だよ」

「そいつはいいな」

祖父ちゃんは洟(はな)を啜(すす)り、ぐっと瞼(まぶた)を押さえてから顔を上げた。

晩ご飯の後、三人でクリスマスケーキを食べた。その年は真奈の好きなバタークリームだった。丸太の形で、上にメレンゲと粉砂糖で作ったサンタとトナカイを飾ったケーキは、歴代の中で一番の出来だった。真奈はもちろん、ぼくもお代わりをして食べた。こってりしたクリームが苦手な祖父ちゃんも平らげていた。

最後の一口を飲み込んだ後、真奈はうっとりとつぶやいた。

「お祖父ちゃんのケーキって、なんでこんなにおいしいんだろ」

本当にそう思う。

ぼくだって、それほど甘い物が好きなほうでもない。なのに、祖父ちゃんのケーキだけは別で、いくらでも食べたくなる。そのときは真奈の疑問に答えてやれなかったけど。今ならわかる。祖父ちゃんのケーキには、ぼくらを大事に思う気持ちや、積み重ねた日々の記憶が詰まっている。それを家族三人で食べるから格別においしいのだ。

＊

視線を感じて目を向けると、ユキが洋一を見ていた。

(わたしも食べたい)

羨ましそうな顔で訴える。

(でも残念。わたし猫だから、バターもお砂糖も駄目なの)

ユキはさもがっかりしたふうに、桃色の鼻から息を吐いた。

猫もため息をつくのかと、洋一は驚いた。今までのことで十分びっくりさせられたというのに。しかも、砂糖は駄目と自分で承知しているとは、さらに驚きだ。

(何よ、その顔。体が小さい分、猫のほうが注意しなくちゃいけないんだから)

「ごめん、ごめん」

慌てて謝り、考え直した。

確かにユキの言う通りだ。体が小さい分、食べものの影響が顕著に出るのは自明のこと。飼い主は気をつけてやらないといけない。人に飼われている猫は、自分で食べるものを選べないのだから。みんながみんな、ユキのようにわかってはいないだろう。

ふと、飼い主の千鶴の存在を思い出す。ずっとユキに向けて語っていたせいで、忘れかけていた。

部屋の中を見渡すと、千鶴はソファに腰かけていた。膝の上にスケッチブックを広げ、鉛筆を走らせている。何気なく覗いてみて、洋一は目をしばたたいた。スケッチブックに、あの日のクリスマスの光景が描かれていたのだ。

宅配便で届いた食器洗浄機の箱を開け、びっくりした顔をしているのは文男と真奈。二人揃って目を大きく見開き、洋一を見ている。台所のテーブルにはバタークリームケーキがのっている。

ちゃんと、砂糖菓子のサンタとトナカイもいる。その横には七面鳥のローストもあった。話に出さなかったシャンメリーまで、しっかり脇に描かれている。

「すごいな」

洋一がつぶやくと、はっとしたように千鶴が顔を上げた。鼻が赤い。

「ぼくの思い出を絵にしてくれたんですね」

「ただ聞いているだけなのが勿体なくて、つい――。すみません、お断りもせずに」

「どうして謝るんですか。むしろお礼を言わせてください。でも、不思議だな。なんでシャンメリーのことまでわかったんですか？」

「子ども時代のクリスマスは、シャンメリーなしに語れませんからね、――なんて。お話を聞いていて、川本さんのお祖父さんなら、きっとシャンメリーを用意して、ぽんっと格好よく栓を抜くんだろうなと思ったんです。合ってますか？」

「ええ、合ってます。その通りですよ」

まるで、あの日のシーンをそのまま切り取ったようだ。すごいな。やっぱりプロの絵描きなんだな。

会ったこともないのに、二人の特徴を捉えているのが不思議だった。千鶴の才能に驚く。絵の中で文男と真奈が動き回っている。楽しそうだな。耳を近づけたら、笑い声まで聞こえそうだ。

懐かしくて、ずっと見ていたくなる。文男と真奈への思慕の情が痛切に胸に迫る。叶うなら、この輪の中に帰りたい。それが今、何より欲しいプレゼントだ。

（合格よ）

ユキが洋一の前で床に転がった。ぽよんとしたお腹を晒した格好で、こちらを見上げている。

「え？」

いきなり言われ、洋一はとまどった。

（あなたのお布施。素敵なお話をたっぷり聞かせてもらって、幸せな気持ちになれたから、わたしの体を貸してあげる）

ユキは床に仰向けになったまま身をよじった。

「本当ですか」

（ええ。まばたきを七回するまでの間だけね）

それがどれくらいの時間なのか、洋一には見当がつかなかった。とはいえ、そう長時間でないことはわかる。せいぜい分単位だ。猫がどれくらいの頻度でまばたきするのか知らないが、人とそう変わらない間隔だろう。だとすれば相当短い……。

「交渉成立ですね」

床に転がっているユキを見て鉛筆を置き、千鶴が話しかけてきた。

「はい。おかげさまで」

「よかったですね。お布施が気に入ったんだわ。こうしてお腹を見せているのが、『猫語り』の交渉成立の合図みたいです」

「そうなんですか」

「ええ。といっても、わたしも経験が浅くて、あまり詳しくないんですけど。わたしには、ユキの声は聞こえませんし」

千鶴は申し訳なさそうに言った。

「え、聞こえないんですか？」

「はい。亡くなった方の声は聞こえるので、こうしてお話しできるんですけど。わたしはこの家の留守番なんです。ユキに『猫語り』という不思議な力があって、亡くなった方に身を貸してあげられることも、少し前にこの家を訪ねてきた方に教えてもらったくらいで」

「それって、背広を着た品のいい高齢の男性ですか」

「え、飯田さんをご存じなんですか⁉」

あの人だ。

「正式な仲介役ではありませんが、少し前に初めて、その方の再会のお手伝いをしました。川本さんにも会いたい方がいらっしゃるんですよね？　よかったら、わたしがその方をここへお連れします」

「連れてきてくださるのですか」

洋一が確かめると、千鶴は恐縮顔でうなずいた。

「不慣れですので、うまくいかないかもしれませんけど」

「いや、そういうつもりで言ったんじゃないです」

洋一は顔の前で手を振った。恐縮するのはこちらのほうだ。霊と話せるとはいえ、正式な仲介役でもないのに働かせてしまい、申し訳ない。

親切な人だな。他人の霊が訪ねてくるのは迷惑だろうに。熱心に話に耳を傾けてくれていたのは、スケッチブックの絵を見ればわかる。

「絵を描くお仕事を？」

「──いえ」

千鶴は目を伏せ、小さくかぶりを振った。

「そうでしたか。あんまりお上手なので、てっきり絵描きさんかと」

なぜか苦しそうな千鶴の表情に、立ち入ったことを訊いてしまったかと、洋一は恐縮した。

でも。こんなに才能があるなら、仕事にできるんじゃないかな。素人ながら、そう思う。描く絵と同じく、千鶴にはふんわりとした温かみを感じる。孤独な霊にはそれがありがたい。

とはいえ、早いところ成仏したほうがいいんだろうな。

自分でもわかっているのだ。二人を安心させるためにも、そうしないといけない。

文男が毎朝仏壇に線香を上げ、手を合わせていることを洋一は知っている。じっと目をつぶり、頭を垂れてわずかに口を動かしている。洋一が死んで文男は変わった。体は一回り萎(しぼ)み、皺が増えた。背中も丸まっている。いつだってピンと伸びていた背筋から、骨が抜けてしまったようで見ていられない。近くにいるのに、洋一の声は文男に届かない。

もし時間を戻せるなら、絶対に無茶はしないと誓う。

消防士として活躍できなくてもいい。生き延びて、文男に孝行する。

そのために、妹の真奈と会いたい。洋一が「猫語り」をしたいのは、真奈に頼みがあるからだ。

4

夕方になってから家を出た。

真奈のアルバイトは午後五時までと聞いている。勤務先のコンビニエンスストア近くのコーヒーショップで時間が来るのを待った。

千鶴は窓際の席に座った。周りからは見えていないが、実は洋一が向かいに座っている。

ここなら道路がよく見える。アルバイトへの行き帰りは徒歩だと聞いた。真奈は洋一より四つ下の十八歳。葬儀やら何やらでしばらく学校を休んでいたが、数日前から登校を再開した。高校生か。二人しかいない身内の一人を喪うのはさぞや辛いだろうに、短期間でアルバイトにも戻ったのが偉い。

しっかり者だな。昔の自分と引き比べ、そう思う。

千鶴が十八歳のときは母が入院を繰り返していた。千鶴は受験勉強が手に付かず、現役では大学受験に失敗した。片や真奈は、自身の喪失感や祖父の心配を抱えつつ、現実に立ち向かっている。

膝の上に置いたトートバッグを抱えながら、千鶴は段取りを考えた。きちんと伝わるように、整理して話をしなければいけない。霊になったお兄さんが会いたがっているなんて、まるきり妙な宗教だ。そのまま伝えたら怪しまれておしまいだ。

「来ました」

洋一が窓の向こうを指差した。

「あれが妹の真奈です」

グレーのピーコートを着た、ほっそりした女の子だ。顔の輪郭が兄と似ている。ナイロン製の赤いリュックを背負い、茶色いローファーを履く姿は典型的な女子高校生だ。洋一が祈りのこもった目で千鶴を見た。

「頑張ります」

しっかりしないと。こっちが不安がっていたら、洋一をますます心細くさせてしまう。

千鶴は会計を済ませて店を出た。

「真奈さん」

声をかけると、真奈は振り返った。少し垂れた目も洋一と似ている。

「突然話しかけてすみません。驚かれるのは十分承知しているのですが、少しだけ、お時間いただけますか」

千鶴は笑顔を作った。当然、真奈は警戒した顔になる。

「何ですか」

「わたし、島村千鶴と言います。あなたのお兄さんに頼まれて会いにきました。少しお話を聞いて――」

用件を切り出しかけた途端、真奈の眉間に皺が寄った。制服のプリーツスカートを翻し、立ち去ろうとする。

「待って、怪しい者ではないんです。いや、怪しいと思う気持ちもわかります。私もそう思います。でも宗教でもネズミ講でもありません。何も売りつけたりしませんから」

真奈の歩調は緩まない。すかさず追いかけ、前に回り込む。

「これを見てください」

トートバッグからスケッチブックを出し、真奈の前で広げた。祈る思いで絵を見せる。

「あなたのお兄さんから伺った話をイラストにしたんです」

お願い、信じて。

「兄って……」

一言だけ発した後は黙っている。

「洋一さんのことです。お祖父さんは十二月になると、シュトーレンを焼いてくれたそうですね。古いけれど立派なオーブンで。レーズンと胡桃がたっぷり入った、大きなコッペパンみたいなケーキだったと聞きました」

が、真奈はやはり口を開かない。

千鶴は次のページをめくった。

「紙コップを組み合わせてツリーを模した、アベドントカレンダーです」

折り紙で作った日付がついており、毎日一つずつ開ける。中にはチョコレートや飴玉といった、小さなお菓子がひそんでいる。

「え？」

真奈が訊き返す。

「ア、い、い、アベドントカレンダーですよね？」

千鶴は繰り返し、真奈の目を見た。

「お祖父さんは何年か前までそう呼んでいたと、お兄さんから伺ったんです」

このエピソードは、たぶん洋一と真奈しか知らない。そのことに思い当たったのか、真奈がわずかに警戒を解いた。吊り上がっていた眉が、ふっと下がる。

「うちのお祖父ちゃん、横文字に弱いから……というか、え、なんでそれを」

真奈が小声でつぶやき、千鶴の目を見返してきた。

「実はわけあって洋一さんからその話を聞いたんです。毎年、クリスマスにはおいしいケーキを焼いてくれるそうですね。洋一さんはブッシュドノエル、真奈さんはバタークリームケーキがお好きだと」

「はい。大好きです」

こくりとうなずく。可愛い。

「バタークリームのケーキ、わたしも好きです。こってりしてたまらないですよね。あの味を知ると癖になっちゃうというか。作るのは難しそうですけど」

「お祖父ちゃん、ケーキ作りが得意なんです」

「本格的なオーブンで焼いているんですってね」

「どうしてそこまで——。もしかして、お兄ちゃんの彼女さんだったんですか?」

真奈が唐突に切り込んできた。

「いいえ。実は今日初めてお会いしたばかりです。あ、いえ、その——つまりなんと言えばいいか」

千鶴は失言に気づいて慌てた。

「——どういうこと?」

ふたたび真奈が警戒した顔になる。

前回の飯田先生の奥さんより真奈のほうが手強い。絵を見せても、中々信用してくれない。困った。

「今日、ってなに。会えるわけないじゃん。お兄ちゃん、死んじゃったのに」

暗い目をして、ふたたび眉間に皺を寄せる。

「知ってます。あの、この際だからストレートに言いますね。実は霊になって、わたしの家にいらしたんです。あなたに頼みたいことがあるからと、うちの猫に体を借りに」

「猫？」

食い気味に問い質す声が尖っている。

「体を借りる？　さっきから何を言ってるか、全然わかんないんですけど」

正直に話す作戦失敗。却って疑われたみたいだ。千鶴は焦って、早口に言葉を継いだ。

「うまく説明できなくてごめんなさい。わたしだって、こんなこと、ついこの前まで信じられなかった。でも、嘘じゃないんです。お兄さん、うちの猫の目を通じて、あなたとお話をしたいとおっしゃっています。今もわたしのすぐ隣にいるんですよ」

真奈が口を閉じ、千鶴を睨んだ。

どうしよう。ますます心を閉じちゃったみたい。わたしの話が下手なせいで、すっかり怪しまれてしまった。スケッチブックを見せればうまくいくなんて思っていたのが甘かった。これ以上話を続けたら逃げられそうだ。

「そう。そこにいるんだ、お兄ちゃん」

「はい、いらっしゃいますよ」

「じゃあ答えて。お兄ちゃん、どんな格好してる？」

千鶴はそこで初めて横に立っている洋一を見た。千鶴と同じような焦った表情をしている。

「リネンのシャツを着てます」

「冬なのに？」

真奈がさらに追及してきた。確かに季節外れだけど、本当なのだ。洋一は涼しげなリネンのシャツを着ている。

「はい。その世界のルールで、亡くなったときに身に着けていたものか、棺に入っていたものしか着られないそうですが。ブルーグリーンの地に濃い青とグレーのチェックです。すごく似合っていらっしゃいますよ。お兄さん、お洒落ですね」

「ねえ、いったいなにを言ってるの？」

千鶴が焦りを募らせると、洋一が教えてくれた。

「――え？　最後の誕生日プレゼントに、真奈さんが贈ってくれたシャツなんですか？」

洋一がはにかんだ笑みを見せ、うなずく。

「だからっ、いったい誰と話してるの？」

真奈はついに声を張り上げた。

「ごめんなさい、真奈さん、いきなりで混乱するのももっともです。お兄さんにプレゼントのシャツのことを教えていただきました」

続いて、洋一が伝えてくることを同時通訳のように口に出す。

「お兄さんの言葉をそのまま伝えますね。チノパンのポケットには家族写真が入っていたそうです。消防士の制服を着たお兄さんが真ん中で、その両隣にお祖父さんとあなたがいる写真。入校式の日に撮ったもので、お隣のご主人が写してくれたとおっしゃって――」

話している途中で、真奈が下を向いた。

「いるの？」

くぐもった声でつぶやく。

「本当に？」

顔を上げて真奈が言う。目に浮かんでいた疑いの色が消えている。

「お兄ちゃん、そこにいるのっ⁉」

真奈は突然、堪えきれなくなったように叫んだ。これまでの話で十分揺さぶられていたところに、シャツやチノパンのポケットに入っていた写真がダメ押しとなったのだ。それを知っているのは真奈と文男、あとは洋一だけだから。千鶴は心底ホッとし、もう言葉を繋げるのをやめた。

洋一が真奈に近づき、口を開いた。

「ここにいるよ」

残念ながら、真奈には聞こえない。

「いらっしゃいますよ、すぐ目の前に」

だから代わりに千鶴が涙声で伝えた。優しいお兄さん。触れられないと承知で、そっと肩に手を載せている。

「お兄さん、真奈さんに頼みたいことがあると言っています」

「何？」

「お祖父さんのことだそうです」

5

千鶴と真奈、生きている二人にくっついて家に戻ると、ユキが真っ暗な中、玄関マットの上で待っていた。

「わあ、可愛い」

ドアの向こうから家を覗いた真奈が、感嘆の声を上げる。いつもの無邪気な真奈に戻っていて、洋一は安堵した。

「この猫ちゃんですか？」

「そう、ユキっていうの」

「もっと明るいところでユキちゃんの顔が見たいな」

「そうしたいところだけど、暗いままのほうがユキの瞳孔が開いて、お兄さんの姿がよく見えるの」

「そっか。なるほどね」

軟化した真奈の態度に、千鶴の声も落ち着きを取り戻している。

ユキは前肢を折り畳んだ格好で腹ばいになっていたが、真奈を見てやおら身を起こした。尻を高く上げて伸びをしてから、ころりと仰向けになる。

（さあ、入って。始めるわよ）

その声に誘われるように、洋一はユキのお腹に自然と顔を近づけた。日向（ひなた）の匂いが強くなったかと思うと、中へ吸い込まれる感覚があった。何が起きたのか、一瞬頭が混乱する。

瞼を開けると、いきなり目線が低くなっていた。さっきまで見下ろしていた真奈の姿が、今は見上げる位置にいる。しかも、——大きい。そうか、体を借りるとはこういうことなのか。洋一はユキの体に入り、ユキの目を通じて真奈を見ているのだ。

灯りをつけていないのに、視界がくっきりしている。が、気のせいか色彩が乏しい。ユキの目から見える景色は、生きていたときとかなり違う。モノクロ写真に入り込んだみたいだ。

「真奈」

呼びかけると、細い肩がぴくんと波打った。

「ここだよ」

声に反応して、真奈が辺りを見回す。

「ぼくはユキちゃんの瞳の中にいる。こっちまで近づいてみてくれ」

洋一が手を振ると、真奈が近くに来て覗き込んだ。こちらに視線を留めた途端、真奈が大きく息を吸う。そのときの、ヒュッという音も、心臓がどきどき鳴っている音さえも、くっきり耳に届く。知らなかった。猫の耳はこんなにクリアなのか。

「お兄ちゃん――」

真奈が震える声でささやいた。

「本当にお兄ちゃんなの？」

「そうだよ。見えてるだろ」

「見えてるけどさ。見えてるけど、なんなの、これ。猫の目の中にいるなんて。こんなの、すぐには信じられないでしょ。なんのマジックかと思うもん」

子どもっぽい声で応じ、真奈が口をへの字にした。泣きそうなのを堪えているときの顔だ。まあ、そうだよな。すぐに信じろというほうが、無理がある。

「真奈。いつも線香を上げてくれてるんだな」

「なんでわかるの？」

「まだあの世には行ってないから、見ているんだ。祖父ちゃんも仏壇にしょっちゅう線香を上げてくれてる。それに今、はっきりと真奈の体から匂いがする」

鼻の奥にすうっと通る匂いが、真奈の体から漂っていた。猫は耳だけでなく鼻もいい。

体を借りてみると、そのことが如実にわかる。

「えっ、わたしお線香の匂いがするの？　ちょっと嫌かも」

　真奈はピーコートの袖を鼻に当てた。

「そんなに匂うかな。自分ではわからないけど」

「大丈夫だよ。今ぼくは猫になってるから、わかるだけだと思う。線香の他に花の匂いもするな。むしろ、そっちのほうが強いくらいだ」

「花？」

「柔軟剤じゃないか。真奈が好きなフローラルの」

「そっか。よかったあ」

　安心して真奈が八重歯を見せる。

　文男が薬局やスーパーで買ってくる大衆品だ。香料がきつくないからと真奈が気に入り、セールのたびに買い溜めしているものだ。生きていたときは何とも思っていなかったけど、今となっては胸苦(むなぐる)しいほどに懐かしい。

　真奈が玄関の三和土(たたき)にしゃがみ込んだ。

「お兄ちゃん、今は体辛くないの？」

「うん。もう何ともないよ」

　死後まで体の心配をさせて、真奈には本当に申し訳ないことをした。

「そう、よかった……それ、やっぱり似合うね」

「シャツか？」

「うん。その色で正解だった。お兄ちゃんにぴったり」

このシャツはさっき千鶴にも話したように、真奈からの誕生日プレゼントだ。ブルーグリーンなんていう珍しい色が自分でも気に入っている。一見派手な柄で合わせにくそうだが、今穿いているベージュのチノパンにもしっくりきている。

『退院したら着てね』

シャツに添えられていた手書きのメッセージには、真奈の祈りが籠もっていた。

そう。袖を通せたのは霊になってからだ。洋一は火事の後、意識が戻らないまま死んだ。

誕生日も病院で迎えた。

回復は絶望的だと、医師からも宣告されていたはずだ。それでも真奈は奇跡を願い、いつか意識を取りもどし、退院した晩に着られるようにとこれを選んだのだ。結局、生きている間は叶わなくとも、こうして身につけられたのは、真奈が棺桶に入れてくれたからだ。

「小さいなぁ、もっとよく見せてよ」

泣き笑いになりながら、真奈が顔を寄せてくる。

距離が近づくと、こちらからは真奈の黒目がはっきり見えた。ユキの瞳にいる自分が映っていた。おろしたてのシャツを着た自分が笑っている。

その途端、視界が途切れた。

あれ――。

怪訝に思ったのも束の間、ふたたび真奈の顔が視界に飛び込んできた。

「お祖父ちゃんにも会わせてあげたいな」

それは残念だけど……。

「あまり時間がないんだ。ぼくがこうしていられるのは、まばたき七回分の間だけだから。それに会えるのは一人だけらしい」

「何それ」

「そういう約束なんだよ」

「この猫ちゃんと？」

うん、と洋一はうなずく。

「それって、どのくらいの時間なのかな。今一回まばたきしたよね。ってことはけっこう短そう」

真奈が鼻を鳴らす。

「そんな顔すんなよ、仕方ないだろ」

「わかってる」

不機嫌なときに鼻を鳴らすのは、子どもの頃からの真奈の癖だ。直せと何度言ったかわからないのに、まだ直っていない。

「祖父ちゃん、元気ないだろ。ぼくのせいでごめん、本当に」

「でもね、元気にしてるよ、わたしの前では」

そうだろうな、と思う。

文男と真奈はよく似ている。二人とも、落ち込んでいるときほど、人前では平気なふりをする。だから余計に心配なのだ。

「ところで、お祖父ちゃんのことで頼みがあるんだって？　時間がないなら、まずその話をしようよ」

我が妹ながら、こういうところが頼もしい。

「それは、ぼくらの母親のことなんだ」

洋一は感謝しつつ、いよいよ本題に入った。

「え、なに？」

「母親は――実は、生きてる」

笑顔が引っ込み、真顔になった真奈を見つめつつ、続ける。

「入庁するとき、住民票を取るついでに戸籍を調べてわかったんだ。それで会いにいった。戸籍が空欄だったから父親のことはわからなかったけど」

「そうなんだ」

「黙ってて、ごめんな」

しかし、真奈にはとても言えなかったのだ。

戸籍に父親の名がないのは、結婚をせずに出産したからだ。洋一と真奈は婚外子だった。どんな事情があったのかは知らないし、そこまでは調べるつもりもなかった。

成長した息子を見て母親は驚いていた。多少は捨てたことに悔いがあるらしく、「すっかり大きくなって」とつぶやき、口の中で詫びを言った。母親の若さには軽く衝撃を受けた。まだ四十にもなっていない。洋一を生んだのは十七のときで、四年後に真奈を生み、その後いつ父親と別れたかは知らない。そして今は、独り身だけれど、付き合っている人がいるのだと言い、ぼくが話をしようとするのを遮って、「せっかく来てくれたのに悪いわね。真奈も大きくなったでしょう。あんたには苦労かけるけど、これまで通りお祖父ちゃんと真奈とうまくやってちょうだい」と話を打ち切った。ぼくと真奈の母親はそんな女だった。生きていることを、祖父ちゃんが伏せていたのも納得だ。

また視界が途切れる。

カメラのシャッターが下りるみたいに、目の前が真っ暗になる。そうか、これはユキのまばたきだ。洋一は悟った。これで二回目だ。

「どんな人だった？」

真奈が泣き笑いのような表情を浮かべた。

「普通、だったな」

間を置かず答えると、ふっと真奈が下を向いて笑った。

「普通の人が子どもを捨てるわけないでしょ」

「見た感じの話だよ。まぁ、そこそこ綺麗だった」

真奈は洋一の話の続きを促すように黙っている。

「ぼくたちを置いていったのは本当に苦しかったたって言ってた」

ぼくはこの期に及んで嘘をついている。

「ふうん」

それがどうした、という顔だ。母親のことはまるで関心がないふうに装っているのが丸わかりだ。真奈は人一倍寂しがり屋なのだから。

「まあ、仕方ないよな。真奈を生んだときでも、まだ二十一だったみたいだし。それで——」

「お兄ちゃん、その話をしたかったの?」

真奈が首を傾げて、話を遮った。

ぱちん。

呼応するように、ユキがまばたきする。これで三回目。限られた時間がどんどん減っていく。

「違うよ。そうだ、祖父ちゃんのことを頼みたいんだ。くれぐれもよくしてくれ。ぼくたち、親は事故で死んだと聞かされてただろ？　本当のことを知って、祖父ちゃんを恨んだりするなよ。孫を傷つけまいと、もう死んでることにしたんだから。祖父ちゃんも苦しかっただろう」

「それが頼み？」

真奈はホッとしたように笑った。

「なあんだ、そんなことか。ビビらせないでよ。もっと大変なことかと思ったよ」

死んでいるはずの母親が実は生きている、という話は、それほど軽くないつもりなのだが、真奈は拍子抜けしたようだ。

「わたしがお祖父ちゃんを悪く思うはずないでしょ。大事に育ててもらったんだもの。お兄ちゃん、心配しすぎ。それに、わたし前から知ってたもん。親が生きていることくらい。父親がわからないとは思わなかったけど」

「え、本当に？」

「当然」

真奈は澄まし顔でうなずく。

「だって、お墓参りにも行ったことないし。もし事故で死んでるとしたら、おかしな話でしょ」

鋭い。まあ、でも考えてみれば道理。洋一自身、同じ理由で戸籍を調べてみようと思ったのだ。

ならば、話が早い。ここからが肝心なのだ。

「真奈」

一瞬の暗転の後、洋一は口調をあらためた。

「あの人に一度会ってみてくれないか」

「あの人って母親のことだよね。なんで？」

真奈の眉が吊り上がった。

「捨てたことを許せとは言わない。それでも、会うだけ会ってもらえないか。あの人なりにぼくたちのことを気にかけてるようだった」

「嫌だよ」

途端に真奈が顔を歪ませた。

「いくら気にかけてるっていってもわたしたちのことを捨てた人じゃない。そんな人、今更会ってどうしろっていうの。生きていると知っても、ちっとも嬉しくなかったんだから。いっそ本当に死んでいたほうがましだと思ったくらい――」

強い口調で言いながら、はっと我に返ったように口を噤む。

「ごめんなさい。キツすぎた――」

「別にいいよ」

真奈に悪気がないことはわかっている。

「でも、やっぱり会いたくない。わたしの家族はお祖父ちゃんとお兄ちゃんの二人だけだもん。今さら母親なんていらないよ。それに、会いたいと思ってるなら、とっくに会いに来てるはずでしょう。これまで来なかったんだから、向こうだって会いたくないんじゃないかな」

「真奈がそう思う気持ちはわかるよ。けど、祖父ちゃんのためにも会ってやってほしい」

話している途中で一瞬、視界が暗転する。

これで五回目のまばたきだ。あと二回。もう時間はほとんど残っていない。

「お祖父ちゃんのため？　なんで？」

「祖父ちゃんは、ぼくが母親に会いにいったことを知らない。だから祖父ちゃんは、自分のせいでぼくが親の顔も知らずに死んだと思ってる」

日々、文男が洋一の遺影に向かって詫びていることを見て知っていた。いつぞやの光景が思い起こされる。

『二親(ふたおや)は死んだと嘘をついたままで――洋一、本当にすまなかった』

声に出してつぶやき、いつまでも両手を合わせていた。すすり上げながら、拳で目尻を拭っている。すっかり痩せてしまって、とても見ていられなかった。

文男は苦しんでいる。あんな母親でも、やはり一目会わせてやるべきだったと、自分の判断を悔やんでいる。祖父ちゃんはちっとも悪くないのに。

「言っておくけど、ぼくは恨んでいない。真奈と同じで、家族は祖父ちゃんと真奈だけだと思ってるから」

駄目な母親にも、一片(いっぺん)の情はある。子どもを捨てた人でも、何かの折りに悔やむこともあったはずだ。だからといって許す気はないけど。

「祖父ちゃんが苦しんでるのを放っておけないんだよ。だから、頼む。祖父ちゃんにはまず、ぼくが実は生前母親に会いに行ったことを伝えてほしい。そして近いうちに、真奈も会ってくれ。会った上で、自分に母親はいらないと思うなら、そう言えばいい。わたしの家族は祖父ちゃんとぼくだけだって」

「お兄ちゃんが自分でお祖父ちゃんに話せばいいのに」

「それはできないんだよ」

「猫ちゃんに会わせてもらえないの？」

「この『猫語り』ができるのは一度きり。そして会えるのはさっきも言ったように、一回に一人きりなんだ」

文男か真奈か。

どちらにしようか、ずいぶん迷った。もちろん文男とも、もう一度話したい。その気持ちは今もあるが、洋一は真奈にこのことを訴えようと決めたのだ。

「それにもし、ぼくが祖父ちゃんに頼んでも、祖父ちゃんは死んでまで気を遣わせたと思うだけだよ。できれば、祖父ちゃんに言って、真奈のほうから会いに行ってほしいんだ」

「お兄ちゃんの言いたいことはわかったけど。わたしには、ちょっと荷が重いよ」

「死んだ今だから言えるんだ。恨みを晴らすんだって、それも生きているうちなんだぞ」

当事者の言葉は重い。人はいつ死ぬかわからない。

「会って罵(ののし)ってやればいいじゃないか。あんたのせいで祖父ちゃんがどれだけ苦労したと思っているんだと、文句を言ってこいよ」

「何それ」

「死んだら、恨み言もなにも言えないんだからな。まあ、でもぼくは生きているうちに会っても、何も言えなかったんだけど」

「わかった。わたしが今幸せだって伝えてくればいいんでしょ」

ユキが六回目のまばたきをした。あと一回。

「もう時間がない」

「えっ、嫌！」

真奈が悲鳴のような声を上げた。

たちまち目の縁に涙が盛り上がる。幼い頃、洋一と喧嘩をして、泣いていたときの顔そのままだ。たった一人の可愛い妹に結局、二度も別れの辛さを味わわせたことに、胸が締めつけられる。

「ごめんな」

声が掠れた。もう謝ることしかできない。ユキがあと一度、まばたきをすれば洋一は消える。どんなに心配でも、もう真奈の傍で支えてやれない。そのことが申し訳なくて、ただただ悔しかった。

「祖父ちゃんと仲良くな」

あとはもう早口で語りかけた。

「体には気をつけろよ」

言った後、こんなときなのに可笑しくなった。

「なんで笑うの」

真奈が涙目で睨む。

「いや、陳腐な台詞だと思って。どうせなら、渾身のメッセージを残してやりたいんだけど。いざとなると、当たり前の言葉しか出てこないもんだな」

「わたしもなんにも言葉が見つからないよ」

「難しいな。弔電ならネットで例文を探せるけど、死んだ後に家族に伝える言葉なんて、どう検索しても出てこない」

「検索する人もいないからね。お兄ちゃんだってできないでしょ」

「ま、それもそうか」

洋一が頭を掻くと、笑った真奈の頬に涙が伝い落ちた。

「渾身のメッセージなんていらないよ。こうして話せて嬉しい。みんなに自慢できるね」

「そうか？」

「だって、お兄ちゃん死んでるんでしょ。なのに、この世に舞い戻ってまた説教するなんて、イエス・キリスト並みの奇跡だよ」

「すごいな、それ」

「後光が射してないのが惜しいけどね」

冗談を言う真奈の顔が、ぷるぷると震えた。

——と思ったのだが、違った。震えているのはユキだ。最後のまばたきを堪え、必死に耐えてくれているのだ。

もういいよ。

洋一は胸のうちで言った。伝えたいことはすべて話せた。途中で湿っぽくなったが、最後は笑顔で締めくくれそうだ。

大丈夫だな。そう思った。真奈はちゃんと生きていける。文男と二人で、早過ぎる洋一の死を乗り越えていくはずだ。

今日のことを知ったら、文男は真奈を質問攻めにするだろう。元気だったか、火傷の具合はどうだったかと。それから、もう死んで痛みも感じなくなった洋一の心配を新たにたくさんして、仏壇に手を合わせるかもしれない。

大丈夫。お兄ちゃんは元気だったよ。わたしの贈ったシャツを着て笑っていたと、伝えてくれればいいと思っている。おかげで気持ちよく旅立てそうだ。叶うなら、次にこの世へ戻ってきたときにも、またこの三人家族で暮らしたい。

力んでいたユキが、とうとう最後のまばたきをした。電灯が切れるように視界が暗転し、真奈の姿が消える。

(じゃあな)

洋一は言ったが、声にはならなかった。体が温かいもので包まれ、意識が遠くなる。

これで本当にお別れだ。もう二度と誰にも会えない。しんと胸が鎮まり、自分が空っぽになっていくのを洋一は最後に感じた。

6

すっかり冬本番だ。

空気は凍てつき、風が冷たい。呆然としている千鶴を置いて、季節はどんどん先へ進んでいく。

「いい絵だね」

庭でスケッチブックを広げていたら、ふいに頭上から太い声が降ってきた。

「それ、島村さんだな」

塀の向こうから、重雄が顔を覗かせている。

千鶴はうなずいた。アルバムには若い頃の色褪せた写真しかなかったから、自分の知っている叔父さんを思い出しながら描いているのだ。

――今日が桔平の初七日(しょなのか)だった。

容態が急変したと、病院から連絡が来たのが十日前で、それからはあっという間だった。いっとき症状が落ち着いていたのに、病気は桔平を連れていってしまった。

初七日といっても、法要は葬儀の日に繰り上げて済ませたから、今日は何もすることがない。桔平が安らかに眠れるよう、心静かに祈るだけだ。

あの日の悲しみはすぐ手の届くところにある。一方で、矛盾するようだけれど、ときの流れも感じる。自分がどうやって喪主(もしゅ)をつとめたのか、ほんの少し前のことなのにもはや記憶がおぼろになっている。

父親の岳男(たけお)は通夜に参列してはくれたが、通夜振るまいには出ず、申し訳程度の悔やみの言葉を口にして、すぐに引き上げていった。そういう人だ。林田(はやしだ)岳男という男は母が生きていた頃から、この家にもめったに足を運んだことがなかった。

思えば、物心ついたときから、両親は不仲だった。千鶴が中学生だったときに離婚し、父とは以来ずっと疎遠だ。母が亡くなった後も、同居の申し出はなかった。その頃、父には既に付き合っている人がいたのは後で知った。今はその相手と再婚しており、通夜に顔を出したのが意外なくらいである。

通夜、葬儀、火葬場と、千鶴の傍にいてくれたのは重雄だ。隣同士というのは下手な身内より近い付き合いがあるのだと言い、親戚のような顔で寄り添っていてくれた。

桔平が死んで以来、重雄は恒例のラジオ体操を自粛している。おかげで朝は静かだけれど、少しばかり物足りないと思っている自分がいる。

「描かないのかね」

スケッチブックを広げたままの千鶴を見て、重雄が言った。

「すまん。わたしが見ていたら気が散るな」

自嘲したように言い、踵(きびす)を返して立ち去ろうとする。

「そんなことないです。その節は色々とありがとうございました。すみません、叔父さんを思い出して、ぼんやりしてしまって。絵を見ていただくのはちっとも構いません」

千鶴が返すと、重雄は振り返った。学生時代、ショッピングモールで似顔絵を描くアルバイトをしたこともある。人前で描くことには慣れている。

鉛筆画の桔平は、穏やかな面持ちでわずかに笑っている。

「わたし、叔父さんに絵を教えてもらったんです」

母とよく似た、優しい人だった。いつもリビングでイーゼルに向かっていた。子どもの頃、夏休みや冬休みにこの家に来るたび、絵を見せてもらった。

桔平は人物画が得意で、ちょっとモディリアーニを思わせる、独特な絵を描いた。地味な色合いの、静謐（せいひつ）な絵はいつまでも眺めていられた。桔平の描く人は、それでいて町のどこかで出会ったことがあるような顔をしている。今にも喋り出しそうで、千鶴は絵を通じてその人と知り合いになった気がして、桔平の絵に圧倒された。

もともと絵が好きだったこともあり、この家に居候をしていたときに見よう見まねで人物画を描くようになり、それを続けて、大学卒業後、イラストレーターの道を目指した。

離れていた父親はいい顔をせず、伝えたことを後悔した。でも、桔平は喜んでくれた。初めて仕事の依頼が来たときには、桔平がお祝いしてくれた。アルバイトを辞めて、イラストの仕事一本でやっていこうか悩んでいたときには、相談に乗ってもらった。雑誌や書籍に千鶴のイラストが使われるたび、必ず感想をくれた。

（いいね。優しい線が千鶴らしい）

桔平が書いてくる短い感想を何より楽しみにしていた。大好きな叔父で、憧れの画家だったのだ。取引先より誰より、桔平の言葉が励みだった。

「もっと会っておけばよかったな」

つぶやくと、より寂しさが募る。

「わたしもそう思うよ」

いつになく小さな声で重雄が返す。

「わたしちょっとゴタゴタがあってイラストレーターを辞めたんですけど、叔父さんには言えなかったんですよね。ずっと、わたしが絵を描くのを応援してくれていたので申し訳なくて」

「そうか。まあ、身近な相手にこそ言えないことはあるな」

「でも、たぶん、叔父さんは気づいていたんじゃないかと思うんです。いつもわたしの絵を楽しみにしてくれていたから」

本当に、もっと頻繁(ひんぱん)に会っておけばよかった。

こんなに早くいなくなるなんて、まるで悪い夢を見ているようだ。今もまだ頭がついていかず、ただ途方に暮れている。焼き場で細い煙を見上げていたことを憶えていながら、夢なら覚めてほしいとなお願っているなんて、我ながら往生際が悪い。

もう桔平は思い出の中にしかいない。でも会いたい。その一心で描いているのに――。

千鶴は下絵を眺めた。

違う。

ふいに自信がなくなった。もっと柔らかい表情をしていた。描く絵と同じで、繊細で、情の深い人だった。どうして、もっとちゃんと描けないのだろう。

インチキだから？

突如、ネットで浴びせられた言葉がよみがえった。髪の生え際あたりから冷や汗が流れ落ちてくる。心臓がばくばくして、自分の鼓動がうるさい。庭木にとまっている鳥の鳴き声もうるさい。お願い、静かにして。千鶴は鉛筆を置き、手で耳を塞いだ。

「千鶴ちゃん」

いつの間にか、重雄が庭に入ってきていた。心配顔でこちらを見下ろしている。

「どうしたんだね。具合が悪いのかい」

「すみません──」

「医者に行くかい？」

「平気です。ちょっと耳鳴りがしただけで。すみません、ご心配かけて」

無理やり愛想笑いを浮かべ、手の甲で汗を拭った。このところは症状も治まっていたのに、と落胆が胸に押し寄せる。

千鶴が仕事を辞めたのは適応障害になったからだ。無理をして続けると、本格的な鬱病になると医者に言われ、離れることにした。実際、描けなくなっていた。部屋に一人でいても、ちょっとした物音が耳に障って無性に苛立ち、机についていることも苦しい状態に陥っていた。

物音に過敏になるのも症状の一つなのだと、通院して知った。人混みを避けているのも、ひとたび物音が気になり出すと、叫びたくなるからだ。

「家に入りますね」

立ち上がると、重雄が引き止めるように片手を上げた。

「よかったら、散歩でもどうかね。気分も晴れるかもしれない」

気を遣わせてしまった。

「前に話した肉屋さんへ案内しよう」

「今はあんまりお腹が空いてないです」

「コロッケが好きだと言ってたじゃないか。揚げたてはうまいぞ、サクサクして」

重雄が熱弁を振るう。

「いいですね」

いったんそう答えてみたものの、立ち上がる気力がなかった。

「油物が入りそうにないなら、ステーキはどうだ」

ステーキ？　すごい理屈に、ふっと緊張が緩む。コロッケでも入りそうにないと言っているのに、ステーキのほうがよっぽど重いでしょ。

「ごめんなさい。ステーキはちょっと。実はわたし、肉の塊があまり得意じゃないんです」

「ほう」

「子どもの頃から嚙む力が弱いみたいで」

コロッケが好きなのも、柔らかくて食べやすいからというのもある。ステーキは元からあまり得意じゃない。嚙んでいるうちに顎がくたびれてくるのだ。

「そんなことだから、打たれ弱いんですかね。仕事のことでも、すぐに落ち込んでしまって。こんなときにもステーキを食べられるくらいならいいのに」

ネットで炎上したくらいで仕事も手につかなくなったのは、堅いものを食べることすら避ける軟弱さ故だ。手強い現実を咀嚼する力が弱いから、すぐ逃げ出してしまう。

「大袈裟だな。なにも食べものの好き嫌いと仕事を結びつけることはない」

重雄は豪快に笑い飛ばした。

「それに堅い肉が苦手なら、柔らかい肉を食べればいいじゃないか。あの肉屋さんにはいくらでも売ってるぞ。大きな塊が駄目なら、サイコロステーキもある」

「細かくなっても、堅いものは堅いです」

「強情だねえ。だったらハンバーグだな」

重雄は断言する。

「それならどんなに顎が弱くても、何なら入れ歯でも嚙める」

「高井戸さん、入れ歯なんですか？」

「今度は揚げ足取りかい。ものの喩えだよ。わたしは歯も丈夫でね、この歳で一本も欠けてないんだ。まあ、定期的に歯医者に通って手入れをしているからな。歯が丈夫なのはいいぞ、何でも食えるし、何を食ってもうまい」

　重雄の自慢話は総じて長い。この分だと、肉屋さんに続き、お薦めの歯医者にまで連れていかれることになりそうだ。

「お、少しは気分がよくなったかい」

　話しているうちに動悸が治まっている。

「そうみたいです。高井戸さんのおかげかな」

「よし。だったら、散歩に出よう。マロンもその気になってることだし」

　気づけば重雄の傍らで、マロンが盛んに尻尾を振っていた。千鶴はいったん家に戻り、スケッチブックを置いてきた。

　冬晴れの道を、重雄から半歩遅れて歩く。マロンも一緒だ。散歩、と重雄が言った途端、尻尾をぶんぶん振り出したのを見てびっくりしたけれど、いつもそうなのだと聞いて、二度びっくりした。散歩という言葉を理解しているのだ。ユキにも驚かされるけど、マロンもお利口だ。

マロンは意気揚々(ようよう)とした足取りで、千鶴たちの先をぐいぐいと進む。大型犬だけに大股で、足も速い。

「腰は平気ですか？」

「おかげさまで。見ての通り、何ともないよ。ご心配ありがとう」

治療が効いているのか、今日は重雄も腰を庇(かば)っているふうではなかった。しっかりマロンのリードを引き、コントロールしている。

「あら、こんにちは」

道の向こうからやって来た老婦人が、重雄に声をかけてきた。チワワを連れている。犬同士はさっそく鼻を近づけ、挨拶を交わした。

傍らを歩く千鶴も、老婦人に会釈(えしゃく)する。その後、豆柴を連れた中年男性とも短い立ち話をした。花屋の店先を通りかかったときには、店主らしい男の人が重雄に挨拶してきた。

犬を連れていると知り合いが増えるとは聞いたことがあるけれど、ずっとそんな調子で、行く人来る人、次々と重雄に声をかけてくる。

「ずいぶん顔が広いんですね」

「なに、みんなご近所さんだからね」

重雄は当たり前の顔で言うが、近所のとらえ方が千鶴とは違う気がする。そもそも千鶴は今までこんなふうに隣近所の人と親しく挨拶を交わしたことがない。この町がそういう雰囲気なのか、あるいは重雄がフレンドリーなのか、もしくはその両方かと考えていると、白衣姿の若者が雑居ビルから出てきた。

重雄に目を留め、親しげに片手を上げる。

「高井戸さん。元気？」

「おう、先生。おかげさまで元気だよ」

「最近どうです？」

と、若者は自分の腰を叩いてみせた。

「まあまあだな」

「まあまあ、って。シャキッと歩けてるじゃないですか。上々ですって。鍼(はり)の効果が出てるんですよ」

軽い調子で応じ、若者は胸ポケットから煙草(たばこ)を取り出した。ちら、と千鶴に目線を寄こす。

「お知り合いの方ですか？」

「隣人の島村です」

会釈すると、若者は気さくな笑顔を返してきた。

「へえ、お隣さん。今日はどちらまで」

「近くのお肉屋さんへ案内していただくところなんです。わたしは越してきたばかりで、まだこの町に詳しくないので」

「高井戸さん、昔取った杵柄（きねづか）でこの町に超詳しいですから、いろいろ教えてもらうといいですよ」

　若者は自慢げに目を細めた。

　昔取った杵柄？

「じゃあ、また。ぼく、ここの鍼灸院（しんきゅういん）につとめているんで、何かあればお気軽にどうぞ。高井戸さんも、また少しでも痛くなったら我慢しないですぐに来てくださいよ。我慢しても治りませんから。そこは根性出さなくていいんで」

「わかった、わかった」

　重雄が押されて苦笑いしているところを初めて見た。見たところ、若者は千鶴よりいくつか下くらいのようだ。重雄とは親子以上の歳の開きがありそうなのに、ずいぶん無遠慮な口を利く。しかし、重雄に気分を害している様子はなかった。気の置けない仲というやつか。

「今の彼はああ見えて、腕はいいんだよ。近所でも評判でね、若いのに、なかなかどうして大したもんだ」

　ふたたび歩き出してから、重雄が言った。

「長く通われているんですか」

「長いというほどでもないが、このところはよく世話になってるな」

「やっぱり腰ですか？　前も整形外科に行かれていましたもんね」

あまり立ち入ったことを訊くのはためらわれるけど、気になった。

「わたしは脊柱管狭窄症でね。ひどいときは足が痺れて歩けなくなるんだ」

千鶴の物問いたげな雰囲気を察したのか、重雄があっさり病名を口にした。

「歩けないって、大変じゃないですか」

「うん。でもそれは一番ひどいときの話だよ。病院でブロック注射を打てば、痛みは治まる。まあ、歳をとれば何かしら体にガタがくるもんだ。さっきの鍼灸師のところには、島村さんも通ってたよ。あの人も腰痛持ちだったから」

叔父さんは、腎臓病の他に腰痛も患っていたのか。何も言わなかったけど、色々体が辛かったんだな。

「絵描きは座りっぱなしだろう。職業病だな。しょっちゅう、あの鍼灸院で顔を合わせたよ。順番を待っている間に、腰痛にいい体操を教え合ったりしてなあ。いい仲間だった。いなくなって寂しいよ」

「本当に叔父と親しくしてくださっていたんですね」

「独り者同士で、話が合ったんだ」

「高井戸さんは、ずっとおひとりなんですか？」

「いや、かつては結婚していたよ。でも今じゃあ、立派な独身だ」

「すみません。詮索するつもりじゃないんですけど」

「いいんだ、謝ることじゃない。お恥ずかしい話だが、女房に逃げられてね。熟年離婚というやつだ。まあ、今はマロンがいるから。一人と一匹で仲良くやってるが」

自分の名前を聞きつけたマロンが、尻尾を振った。

「島村さんは、よく千鶴ちゃんのことを話していたよ」

「叔父さんが？　どんなことですか？　よかったら教えてください」

「いい絵を描くと言っておった。あれは姪っ子自慢だな」

千鶴はかぶりを振った。

「そんな。わたしの絵はそれほどのものじゃないです」

「いやに悲観的だねえ」

可笑しそうに重雄が肩を揺らした。

「本当に島村さんはしょっちゅう自慢しておったよ。イラストレーターになったことも、ずいぶん喜んでいたしなあ。自分と違って温かい絵を描くって、嬉しそうに話してたもんだ。絵なんてちっともわからない、わたし相手にね。それだけ千鶴ちゃんの絵の才能を買ってたんだよ」

どう返したらいいのかわからず、千鶴はまたかぶりを振った。

「そんなに謙遜しなくてもいいだろうに」

「謙遜じゃないです。わたし、もう描けないんです」

胸にしまっていた不安が、口からこぼれ落ちた。

「さっき描いてたじゃないか」

「あれじゃ駄目です、全然駄目なんです……」

「どう駄目なんだい。わたしは島村さんの人柄が伝わってくるような、味わい深い絵だと思ったがね」

「それらしく描いているだけですよ。でも、あれは模写でしかありません」

桔平の人物画とはそこが決定的に違う。

目で見たものをそのままなぞっただけの絵には、何の魅力もない。たとえて言うなら、上手いカラオケのようなもの。音程が合っているだけで人の気持ちを惹きつけない。千鶴が描いているのはそういうイラストだ。ネットの住人がそう評価している。

仕事を辞めた原因は、千鶴の作品が写真家の作品のトレースだと、あるSNSで指摘されたことだ。確かに雰囲気は似ていた。とはいえ、千鶴からすれば構図にも、ポーズにも、そしてメインのキャラクターにも、自分しか描けない要素がいくつもあり、偶然の一致でしかなかった。なのに、まるでトレースは事実のように扱われ、あろうことか他の作品までただの模倣で何のオリジナリティもないと叩かれ、千鶴はインチキイラストレーターという烙印を押された。恐怖だった。いったい誰が叩いているのかもわからず、おろおろしているうちに、決まっていた仕事が次々キャンセルになり、言い分は言い訳としかとられず、依頼が無くなった。

実際問題、取引先にも迷惑が掛かった。やむなく方々へ頭を下げて回るうち、不思議なもので、自分にも責任があるような気になった。

SNSで指摘されるような、隙のある仕事をしていたのかもしれない。千鶴のイラストがどこかの写真の引き写しと言われ、それを信じる人が多いのは、イラストに力がないせいだ。噂を撥(は)ねつけるだけの力があれば、そもそも炎上しなかったはずだと思った途端、まるきり描けなくなった。それで千鶴は仕事を辞めたのだ。

どうしよう。

また冷や汗が出てきた。

横顔に重雄の視線を感じる。話の途中で黙り込んだ千鶴を訝(いぶか)しみ、おそらく心配しているのだ。この人も桔平を知っている。今は千鶴と同じで互いに独りぼっち。そう思ったら、気持ちのストッパーが弛(ゆる)み、打ち明けてみようという気になった。

重雄は、千鶴の話を聞いてくれた。

「そんな目に遭ったのかね。そいつは辛かったろうな」

「わたし、その騒動がきっかけで絵が描けなくなって――、人も怖くなってしまいました」

挨拶くらいならできるが、踏み込んだ話ができない。取引先の人と会っていても、これが例のトレースをしたイラストレーターかと思われている気がして、まともに相手の顔を見られない。完全に自意識過剰だ。そうわかっていても、描くものすべてが疑われ、インチキと鞭打たれている気がして、向かい合っているだけで息苦しくなってしまっていた。

いつしか、まったく絵を描けなくなっていた。ネットで目にした悪口を思い出すと、自分の絵など、誰にも求められていないという気になってしまう。この家に来るまで、鉛筆を持つことも避けていた。無理に描こうとすると、さっきみたいに些細な物音が気になって、どうにも堪らなくなるのだ。耳栓をすればいい、という話ではない。

ただ、どうして「猫語り」のときは平気なのか、自分でもよくわからない。語っている死者の想いに引っ張られているからかもしれない。

連れていってもらった肉屋さんはこぢんまりとした素朴なお店だった。千鶴は薦められるままに出来合いのハンバーグを買った。家に帰れば冷凍ご飯がある。今日の夕飯はそれで済ませよう。重雄も意外やすっかり口が重くなり、帰り道は二人とも黙りがちだった。せっかく千鶴のために散歩に連れ出してくれたのに申し訳なかった。

失敗したかな——。

いきなり重い打ち明け話をしたせいで、重雄を困らせてしまった。

「ありがとうございました」

家の前まで来て頭を下げると、重雄がマロンを押し出してきた。

「撫でてみなさい」

「え？」

「いいから騙されたと思って」

言われるままに、千鶴はマロンの胸を撫でた。温かい。くうん、と鼻にかかった声で鳴き、マロンが千鶴の手を舐める。

「ほう。犬は怖くないんだな」

重雄の声が上から降ってきた。

「マロンは、うっかり手を出すと嚙みつくことがあるんだが」

慌てて千鶴は手を引いた。

「冗談だよ」

真顔で笑い飛ばされても、冗談が冗談に聞こえない。

「そんな顔をしないでくれよ。まだ一歳だし、嚙み癖なんてないから怖がることはない」

そうだった。重雄の言葉には妙な迫力があるから、つい真に受けてしまった。

「しかし、なんだな。その、千鶴ちゃんはわたしのことも怖がっていないだろう。今でこそ、ただのじじいだが、これでも昔は強面警察官で有名だったんだがなあ」

「えっ」

驚いたが、さっきの若い鍼灸師の言葉を思い出した。昔取った杵柄か。地域に詳しいのは警察官だからだったんだ。目つきが鋭いのも、仕事柄ということか。なるほど、なるほど、と腑に落ちる。

「強面は今も健在——、かもしれませんね」

「ふん、そうかい」

重雄が達磨みたいな顔をほころばせた。

「じゃあ、尚更だ。千鶴ちゃんは人が怖いんじゃない。千鶴ちゃんを怖がらせる人がいるだけだ。それは世の中の人みんなじゃない。むしろ、そんな奴は一部に過ぎん」

「そうでしょうか」

「そうだとも」

動かぬ証拠でもあるかのごとく、重雄の口振りは堂々としており、自信に満ちている。

「さあ、家でハンバーグを食べなさい。お腹が空いているから、悲観的になるんだ。悩んだときはともかく食べて寝ることだ。人なんて単純なものでね、満腹になればいい具合に眠くなる。寝れば誰しもスッキリする。睡眠に太刀打ちできる悩みなどないんだから」

重雄は自信満々、断言した。

その途端、すっと胸に落ちるものがあった。重雄の言うことを信じてみよう。こうして励ましてくれる人がいる。そのことがありがたい。重雄の言葉の通り、世の中には嫌な人もいるけれど、優しい人もいるのだ。

そう、ここにも一人。

家に帰ると、リビングに桔平がいた。テーブルに置いてあったスケッチブックを眺めている。霊になって帰宅したのだ。

「お帰り」

「叔父さん！　帰ってこれたの⁉」

「ああ、遅くなってすまなかったね」

「ううん、そんなことないけど」

桔平の足下にはユキがいた。喉を鳴らしながら、傍をぐるぐる回っている。ユキは背伸びをして、桔平に向かって頭を突き出した。撫でてもらいたいのだ。

「にゃーん」

けれど、桔平が差し出した手をユキはすり抜けてしまう。懸命に背伸びをしても、どうしても届かない。勢い余って床に転がり、そのたびユキは不満の声を上げる。それでも諦めず、何度も立ち上がり、桔平に頭を突き出しては転んだ。

やがてユキは諦めてしまった。尻尾をしょんぼりと垂らし、桔平を見上げる。

「ごめんな」

胸が痛くなる光景だった。しばらくの間、ユキは拗ねた顔をしていたが、そのうち前肢に頭を載せて伏せてしまった。

「さて」

桔平があらためて千鶴を見た。

「千鶴に頼み事があるんだ」

「『猫語り』のことでしょう」

先回りして言うと、桔平は目を見開いた。

「え？　どうして知ってるんだい。ひょっとして、もう誰か訪ねてきたか？」

「叔父さん呑気だねぇ。もう二人も来たよ」

「二人も？　……で、その二人っていうのは」

「もちろん霊の方ですけど。何よ、叔父さん、わかってるくせに」

千鶴が口を尖らせると、桔平は一気に恐縮顔になり、頭を下げた。

「そいつは申し訳なかった。驚いたろう」

「当たり前よ。腰抜かすかと思ったんだから」

「ごめん、ごめん。本当に悪かった。ぼくが不在なら、霊たちの方も諦めると思っていたんだよ。きちんと説明しておくべきだったな」

桔平は平謝りしている。その様子を見たら、怒った振りをしているのが申し訳なくなった。もちろん最初はびっくりしたけれど、桔平に腹を立てているわけではない。むしろ、待っていたのだ。桔平なら、霊になって戻ってくる気がしていた。

「もういいよ。なんとかなったから」

「近いうち話すつもりではいたんだ。まだ猶予はあると思ってたんだが、案外お迎えが早くて弱ったよ。すまん、これは愚痴だ」

「気にしないで。最初の人が親切で、いろいろ教えてくれたから。叔父さん、ずっと『猫語り』の仲介役だったんでしょう。わたしがその役目を引き継いだらいいの？」

「何だか、今日の千鶴は察しがいいな」

桔平が居直って感心する。生前のようなやりとりに、秘かにじんとくるものがある。

「だって、頼み事があるって言ったじゃない。それに、ユキの面倒を見るの、もうわたししかいないし。たぶん、そうなんだろうなと思ってた」

「やってくれるかい」

「うん、やるよ」

少し前の千鶴なら腰が引けていたところだ。知らない人、それも霊を相手にするなんて、とても無理だと断っていたと思う。だけど、実際にやってみたら、すごく貴重な体験だと感じた。亡くなった人の一番幸せな思い出を聞かせてもらい、最後の再会の場に立ち会わせてもらう。そんなこと、普通の人生ではあり得ない。

「いいのか？」

頼み事と言っておきながら、桔平は意外そうな声を出した。

「他にやる人がいるなら別だけど。わたしでよければ引き継ぐよ。その代わり、この家に住んでもいいかな」

「もちろん。元から相続人は千鶴だけだし。住んでくれるなら助かる。ユキのためにも」

桔平は遺言書を残していた。

この家や預貯金についてまとめたものを弁護士に預けてあるという。そのうち連絡が来るから、待っていればいいそうだ。「猫語り」のことも、その歴史や受け継がれてきた取り決めをまとめたものがあるから目を通すようにと、説明を受けた。

「叔父さんの部屋にある古い本と、きっと同じ内容でしょう？　読んだよ。難しくて、全部はわからなかったけど」

「そうか。なら話が早い。あれが代々の仲介役が残してきた覚え書きだよ。やっぱり素質があるんだな。霊が見えたり話せたりするのもそうだし、自分の力で覚え書きを見つけたんだから。あれは仲介人が代替わりするときに、後任に託すものなんだよ。ぼくが不在なのに霊が訪ねてこられたのは、きっと千鶴に引っ張られたってことなんだろうな。この人なら自分を助けてくれると」

そんなふうに言われ、千鶴はこれまでに仲介した二人の顔を思い浮かべた。もし自分が彼らを導けたのなら光栄なことだ。でもその反面、肩に重い荷が伸しかかる気もする。

「どうなのかな。でも、もしそうだとしたら、訪ねてくる人の期待に応えないとね。あの覚え書き、腰を据えてしっかり読むよ」

「別の引き出しに、現代語訳も一緒にしまってあるから」

「さすが」

元教師だけに、桔平は用意周到だ。現代語訳があるのは助かる。古語辞典を引く以前に、あの本の字は行書体で、ところどころ判読が難しいものが交ざっており、難渋していたのだ。

「もし無理だと思ったときは辞めてもいいんだ。いつだって、そういう選択肢もあることは頭に置いておいてほしい」

「でも、そうしたら困る人が出てくるでしょう」

「――いいんだ」

桔平の口調は、一瞬の躊躇を挟んだ割りにはきっぱりしていた。

「元々、死ねばそこで終わるんだ。この世のすべてと別れるのが当たり前なんだから。本当はぼくの代で終わらせるつもりでいたし」

「そうなんだ。どうして?」

千鶴はとまどいつつ訊ねた。

「あまりに大変だからだよ。千鶴もやってみて、わかったろう。猫の体を借りて話をするなんて、常人にはすんなり受け入れられるようなことではないからね、仲介するときは説明するのに毎回苦労するんだ。可愛い姪にそんな厄介な役目を押しつけるのは、どうにも気が引けてね。でも――」

「でも?」

「気が変わった。千鶴さえ嫌でなければ、仲介役をするといい」

「いいけど。自分でもそのつもりだったし。だけど、どうして気が変わったの?」

「千鶴に絵を続けてほしいからかな。今は難しくても、描くことは諦めてほしくない。ぼくは千鶴なら、また絵の道に進めると信じてる。スケッチブックに描いてあるのは、猫語りのときに聞いた話を絵にしたものだろう?」

桔平は言い、またスケッチブックに目を落とした。

「よかったら他の絵も見せてくれよ」

桔平に言われ、千鶴はページをめくった。

「相変わらず、優しい絵だ」

つぶやきつつ、目尻に皺を寄せる。スケッチブックの絵を見る眼差し(まなざ)しが柔らかい。今、桔平が見ているのは、この間「猫語り」に来た洋一の思い出話を描いたものだ。イラストレーターを辞めたことを、やはり桔平は知っていたのだ。ネットの騒ぎも目にしていたかもしれない。

「思い出話が、こっちに向かって語りかけてくるみたいだ。これを見た人は喜んだろうな。近づくと、絵の中に入っていけそうな気がする。うん、本当にいい。自分でも、そう思うだろう？」

「どうかな」

桔平に褒めてもらえるのはやっぱり嬉しい。確かにこれまで描いてきた絵とは少し違うと、千鶴も感じてはいる。

「何だろう。仲介役をしているときは、自分の存在が消えるというか。——自分じゃなくて誰かのために描くからいいのかな」

自問自答しながら答える。

「そうか。だったら、『猫語り』の絵だけでも描きつづけたらどうだい」

誰かの幸せな思い出を絵にしているときは、物音もちっとも気にならず、自然と手が動く。その人の物語に入って、その人の目で大事な誰かを見ているときは、ちっぽけな自分の存在を忘れていられる。相手の思い出に、直（じか）に触れている。そんな感覚がある。誰かの大切な思い出を、自分が残せることが嬉しい。だから仲介役も進んで引き受ける気になったのだ、きっと。

やがて桔平があらたまった口調で言った。

「すまんが、ユキのことも頼むな。急に入院したきりいなくなったから、ユキも動揺しているはずだ。それでなくとも甘えん坊で留守番が嫌いな子なのに、可哀想なことをしたよ」

「もちろん。まだあまり懐いてくれてないけどね。しっかりお世話するよ、叔父さんの代わりに」

「そんなことないだろ。今だって、手が届くところにいるじゃないか。猫は苦手な人からは離れているものさ。ユキは撫でられるのが好きなんだ。ここにいるのは、千鶴が撫でてくれるのを待っているからだよ」

「そ、そうかな――」

「手を伸ばしてみればわかる」

桔平に言われ、千鶴はユキに手を伸ばした。柔らかな背に触れると、耳がぴくんと動いた。満更(まんざら)でもない声を上げ、寝返りを打つ。

「ほら、撫でさせてくれたろ」

うなずくのが精一杯だった。

「なあ、ユキ。千鶴がぼくの跡継ぎだからな。仲良くやるんだぞ」

(仕方ないなあ)

え？

小さな声が聞こえた——気がした。

「ぼくの姪だから、何も心配はいらない。ちゃんと、やってくれるさ」

（どうかしら。身内の欲目じゃないといいけど）

鼻にかかった甘い声で軽い毒を吐く。間違いない。この小生意気な口振りはユキだ。ユキが喋っている。

千鶴が目を見開いているのを見て、桔平がふっと笑った。

「これで千鶴が正式な仲介役だ。ユキも認めてる。——ちゃんと聞こえるだろう？　仲介役になると、そうなるんだ。最終的に仲介人を決めるのはユキだから。まあ、本来ユキと話せるのは『猫語り』のときだけなんだけど。今は代替わりの特別なときだから特例で喋ってくれたんだな」

桔平の説明を肯定するかのように、ユキが目を細めた。

（そういうこと）

これまた小生意気な調子で言う。

仲介役の決定権を持っているのはユキだった。後任候補があらわれると霊と話せるようにして、しばらく様子を見る。そして、これなら合格とユキが認めれば正式に仲介役となるわけだ。

「大変な役目だけど、ユキがいるから大丈夫だよ。昔から、オッドアイの猫は幸運を招くと言われていてね。ちょっと体が弱いけど、その分優しいから。こっちの気持ちにちゃんと応えてくれる」

「大丈夫、わたし叔父さんの代わりに精いっぱい大事にするよ」

体が弱いと聞いて心配になった。珍しい瞳を授けられた代わりに、そういう反面もあるということなのかも。でも、わたしがしっかり面倒を見て、長く元気に過ごせるようにするから。

「よかったな、ユキ。千鶴にいっぱい可愛がってもらえ」

ユキはあさっての方向に目を向け、前肢を畳んだ。拗ねたような顔をして黙っている。たぶん、桔平の言葉が最後の挨拶めいているのが悲しいのだ。それがわかるから、桔平もいとおしそうにユキを見ている。

「さて、と」

やがて桔平がこちらに顔を向けた。もうお別れなんだね。

もっと訊きたいことや話したいことがある気がするのに、何も出てこない。洋一や真奈が言っていた通りだ。

桔平の描く人物画が好きだった。ずっと背中を追いかけてきた。

何もかも、いずれ遠くに去っていく。悲しいことも嬉しいことも、手の中に留(とど)めてはおけない。すべてのものは変わり、いつか終わる。それでも、大切な記憶を留めておくために、絵を描くのだ。

　やがて千鶴はこの家での暮らしに馴染み、桔平のいない日々を受け入れるだろう。涙も止まる。どんなに辛くても、生きていれば、胸の傷は少しずつ癒えていくはずだ。忘れたくなくても記憶は薄れる。そうやって、どうにか人は生きていく。

「元気でな」

　桔平が笑った。

「ありがとう」

　またね、と返せないことが寂しかった。

　この笑顔をずっと忘れずにいたい。そう思いながら、千鶴は消えかかる桔平を見ていた。

第三話

新盆

1

今日も外では朝早くから蟬が鳴いていた。

立秋を過ぎて暦の上では秋だけれど、厳しい暑さは続いている。庭の向日葵もまだまだ元気いっぱいで、もうしばらく楽しめそうだ。

ラジオ体操を除けば、子ども時代は夏が好きだった。太陽の日射しは草や花をいきいきと照らすから、スケッチも楽しい。そんなわけで夏休みは外で過ごすことが多く、今では青白いこの肌も真っ黒に日焼けしていたものだ。全身で夏を楽しんでいた時代からは遠ざかったけれど、この頃の千鶴は子どもの頃の感覚をちょっぴり取り戻している。

桔平の残した家に越してきて、朝が気持ちいいことを思い出した。

カーテンの向こうが明るくなってくると、自ずと目が覚める。ラジオ体操の音と共に身を起こしたら家中の窓を開けて風を取り込むのも、今や毎日の習慣になった。どんなに暑い日も、夜が明けてしばらくは爽やかだ。苦手だった早起きも、慣れてしまえば何ということもない。早く起きて早く寝る。実に健康的な暮らしだと満足している。

そのおかげか、すこぶる体調もいい。嬉しいことに、適応障害の症状もこのところは収まっている。できることなら、このまま治ってほしい。早く前のように元気になりたいと願う日々だ。

今日はお客さまが来る。千鶴は数日前から、その準備をしていた。

家をいつもより丁寧に掃除して、庭の雑草を抜き、仕上げに玄関先へ小さな馬を置く。胡瓜(きゅうり)で作った精霊馬(しょうりょううま)だ。新盆を迎える桔平と、亡き母の分とあわせて二つ、並べて飾った。

いいじゃない。我ながら中々の力作だと、悦に入(い)っていたところへ、人影が差した。

「おう、すごいな」

野太い声に顔を上げると、マロンを連れた重雄が仁王立ちしていた。ポロシャツにスラックスの軽装で、額にうっすら汗を浮かべている。朝の散歩から帰ってきたところらしい。よかった、このところ腰の調子がいいみたい。

「そんな精霊馬、初めて見るぞ。ずいぶん凝ってるな」

「作りはじめたら、興(きょう)が乗っちゃって」

感心され、千鶴は鼻高々になった。精霊馬の作り方を教えてくれたのは重雄だ。とはいえ、教えてもらったのは、胡瓜に割り箸の肢(あし)をつけたシンプルな精霊馬である。千鶴はそれでは物足りず、馬の前肢、後ろ肢と頭も自作した。さらに飾り切りでたてがみにカールをつけたら、今にも走り出しそうな立派な馬ができあがった。これがもう、我ながら格好いい出来で、正直な話、ぜひ見てもらおうと、さっきから重雄があらわれるのを待っていたのだ。

「大したもんだなあ」

「ありがとうございます。ご先祖様も喜んでくれるといいんですけどね」

期待通りに褒めてもらえて、頬が緩んでしまう。

「けど、飾り方が逆だぞ」

よっこらしょ、と重雄は掛け声をして、腰を屈めた。胡瓜の精霊馬を持ち上げ、くるりと逆向きにする。

「迎え盆なんだから、頭を家側に向けないとな」

「でも、家に帰ってくる精霊にお尻を向けることになりませんか？」

「そういう理屈で頭を外へ向けたのかい。ふむ、なるほどな」

重雄は掌で顎を撫でた。

「千鶴ちゃんの言うことも一理ある。けど、外に頭を向けていたら、馬は逆に家から出ていっちゃうんじゃないかね」

「……そうかも」

重雄の言う通りだ。精霊馬は帰ってくる精霊を家へ運んでくるものなんだから。

「ところで、どうして二つあるんだい」

「叔父と、母の分なんです。わたしが十九歳のときに亡くなったんですけど。ここが母の実家なので」

「そうか、もう一つはお母さんの精霊馬なんだね。まだお若かっただろうに」

「ええ。もとから、あまり丈夫ではなくて。──叔父さんと二人で帰ってきてくれたらいいな」

千鶴は精霊馬を見つめながらつぶやいた。

「うん。島村さん、この精霊馬を見たら喜ぶぞ」

目尻に皺を寄せて、重雄が言う。

「どうだ、すごいだろうと浮かれて、馬にまたがって走り回る姿が目に浮かぶよ」

「わたしは見たことないけど、若い頃は、バイクに乗っていた時期もあったみたいです」

「ほう。そいつはモテたろうな」

「どうかな。そんな話、聞いたことないです」

「俺もないけどよ。あの長い足でバイクにまたがってるんだ。モテないわけがない。もっとも、わたしの知る限り、女性の影はなかったな。あの人はいつもリビングで絵を描いていた」

重雄との隣人付き合いが始まって、季節が二回変わった。

重雄とも、こんなふうに世間話をするようになった。桔平ともいい関係だったようで、折に触れ思い出話を聞く。強面だが、気がよくて親切な人だ。今ではそうとはっきりわかる。桔平亡き後は、まるで親戚のおじさんのように、何かと気にかけてくれるのが嬉しい。

精霊馬の話もそのうちの一つ。

十三日の迎え盆には胡瓜の馬でお迎えし、十六日の送り盆は茄子(なす)の精霊馬でお見送りをする。迎え盆のときはなるべく速く走れるよう、しゅっとした胡瓜を、送り出すときはたくさんのお供え物を持って帰れるよう、どっしりした茄子を選ぶといい、なんてことは初めて聞いた。精霊馬自体は見たことがあったけど。

母親を早く亡くし、父親とも疎遠の千鶴は、都会育ちもあってか、そうしたことに疎(うと)い。三十にしては物知らずだと自覚している千鶴にとって、重雄の存在は実にありがたい。普通に世間話をしているだけで、常に何かしら発見がある。

「にゃあ」

玄関先で重雄と別れて家に入ると、ドアの先にユキが立っていた。

「わあ、びっくりした」

千鶴は思わず声を上げた。

「んにゃ、んにゃ」

けれどユキはお構いなし。顎を上げ、高い声で何やら訴えている。

「どうしたの。お腹空いたの？」

「にゃっ」

違うわよ、と言わんばかりに、ユキが鳴いた。その後も、前肢で千鶴の脛(すね)につかまり、爪を立ててにゃあにゃあ騒いでいる。

ご飯じゃなければ何よ。

しゃがみ込んだが、どういうわけか目が合わない。千鶴を通り越し、どこか一点を見ている。おまけに尻尾をピンと立て、先をぷるぷる震わせている。瞳孔も開いている。やだ、そこに誰かいるってこと？　また誰か訪ねてきたのかも。それもそうか。今はお盆だ。

おそるおそる振り返ったら――。

「ただいま」

いつの間に入ってきたのか、ドアの前に人が立っている。

一瞬、言葉を失った。

「叔父さん！」

「にゃあ！」

「あの――」

「にゃあーん、あん」

桔平に喋りかけても、ユキが間に入ってきて話にならない。

仕方ないよね。ずっと寂しい思いをしていたのだから。ユキはいっときも桔平から目線を外さない。嬉しい、嬉しいと、小さな体全部を使って言っているのが、傍（はた）で見ていてわかる。日頃の千鶴に対する態度とは大違いで、内心ジェラシーを感じてしまった。二人で暮らして大分経つけど、わたしでは、やっぱりまだ叔父さんの代わりにはなれないみたい。

「ただいま、ユキ」

「にゃ！」

「元気だったかい」

「んるる、んるる」

再会を喜んでいるのは桔平も同じだ。目尻を下げ、いとおしそうにユキを眺める眼差（まなざ）しが切ない。撫でてやりたいだろうに、桔平はもうユキに触れない。

しばらくの間、千鶴はユキが落ち着くのを待った。やがて興奮疲れか、ユキがふう、と長い息を吐いた。桔平の足下にぴったり寄り添い、喉を鳴らしはじめる。

「やっと落ち着いた」

「そうだな」

桔平が千鶴を見た。

「待ちかねたって顔だな」

「そうだよ。叔父さんに会えるの、楽しみに待ってたんだから」

頬が勝手にほころんでしまう。思わず手を握ろうとして、気づく。

そっか。もう触れないんだった。今そのことを残念に思ったばかりなのに。とはいえ、叔父さんは帰ってきた。すぐ目の前にいて、話もできる。

「外の精霊馬、千鶴が作ったんだろう？」

「うん」

「ありがとう。あんな格好いい精霊馬、初めて見たよ。いやはや、さすがだねえ」

ちょっとおどけた調子で、桔平が褒めてくれる。

「叔父さんが少しでも早く帰ってこられるように、張りきったの」

「遠目にも目立ってたよ。さすがイラストレーターだ。ぼくらの間でも評判になるかもな」

「ぼくら？」

何となく嫌な予感がする。

「ん？　そりゃ霊の仲間だよ」

当たり前のように返され、冷や汗が出る。

「……やっぱり」

玄関先の精霊馬の周りに、霊の皆様が黒山の人だかりを作っているのを想像し、千鶴はかぶりを振った。それは困る！　正直、まだ霊に相対するのには腰が引けているのだ。今年に入ってからは誰も来ておらず、間が空いたのでほぼ経験値ゼロの状態に戻ってしまっている。それに、たまたま前の二人がいい人だっただけで、そのうち悪霊も来るんじゃないかと、内心びくびくしている。

「冗談だよ」

桔平が笑い出した。

「悪い、ちょっとからかったんだ」

「もう！」

ああ、驚いた。叔父さんたら、死んでから人が悪くなったんじゃないの。

「ともかく元気そうで安心したよ」

千鶴の顔を見て、桔平がしみじみした声でつぶやいた。

「叔父さんこそ――いいね、そのシャツ」

「気に入ってたからね。またこうして着られるのは千鶴のおかげだ」

桔平はネイビーのシャツ姿で立っていた。

やっぱり、似合ってる。何年も大事に着ていたのを知っていた。顔立ちが端整だから、シックな色がよく似合っている。

あらためて桔平を眺めた。半透明であることを除けば、桔平は変わらない。六十を過ぎてもお洒落で格好いい、大好きな叔父さんのままだ。

「遅くなっちゃったけど――お帰りなさい」

自分で言って、しみじみする。

一人には慣れているつもりだったけど、自分でも意外なほど嬉しい。

「何だかバツが悪いよ」

桔平が頭を掻く。

「一度別れの挨拶をしたのに、また来たのか、って感じだろ。往生際が悪いよな」

「そんなことない。帰ってきてくれて嬉しい。それにお盆はみんな帰ってくるんでしょう。他の人は見えないけど」

「まあ、それぞれ自分の家に帰るからね。それに、千鶴に見えるのは基本、ユキに会いに来た霊だけだから」

「そうなの？　知らなかった」

「そうじゃなきゃ、千鶴も困るだろ？　ぼくらのお仲間は大勢いるからね。全部見えてたら、大変だぞ」

……うん、困るね。見えなくて幸い。

「今日は一人？」

「いや、二人だ」

「え!?」

心臓が跳ねた。思わず立ち上がり、辺りを見回す。が、今いるのは枯平だけ。ひょっとして外にいるのかと、勢い込んでドアを開けたら、そこには知らない男の人がいた。

「はじめまして」

目が合って、会釈された。

「突然すみません」

男の人は青白い顔をしていた。五十歳くらいだろうか、灰色の作業着を着て、申し訳なさそうに身を縮めている。

「加瀬(かせ)と言います。せっかくの迎え盆で、家族水入らずのところに申し訳ないと思ったのですが、島村さんのご厚意に甘えてお邪魔いたしました」

「いいんですよ。叔父のお知り合いなんですね。どうぞお気遣いなく」

小さな声でそう返すのが精一杯だった。

お母さんだと思ったのにな。うつむいた視線の先に、くたびれた靴下が見える。

「すみません。やっぱりご迷惑でしたよね」

加瀬の恐縮したような声で我に返った。汚れた靴を恥じるように、爪先を内側に向け、あとずさる。

「いえいえ、そんな。全然迷惑じゃないですよ。すみません、まだ慣れていないもので」

千鶴は慌てて首を横に振った。

「あの、外の精霊馬を見ました。あなたが作ったのですか？」

「はい、わたしです。ご覧になってくださったんですね」

「見事ですね、思わず目を奪われましたよ」

加瀬は感心した面持ちで言った。褒められるのはこれで三人目。さらに鼻を高くしてもよさそうだ。

「夏野菜がよく穫れたことをご先祖様に伝える意味も込めて、胡瓜や茄子を使うんだそうです」

「へえ、前からどうして野菜なのか不思議だったんですけど、おかげで謎が解けました」

「ところで、今日いらしたのは、この子の目を借りて、どなたかお会いしたい方がいるんですね？」

ユキを手で示して言う。

「……はあ、まあ」

「どうぞお入りください」

千鶴は笑顔で促した。目顔で確かめると、桔平はうなずいた。

「本当にいいですか？」

まだ加瀬は遠慮している。自分では気持ちを切り替えたつもりだけれど、千鶴の落胆が透けて見えたのかもしれない。

駄目、駄目。わたしは仲介役なんだもの、しっかりしないとね。叔父さんも見ていることだし。

2

ドアが開いた途端、しくじったと悟った。

間(ま)の悪さは死んでも治らないのかと、加瀬徹(とおる)は嘆きたい思いだ。別の日にするべきだった。よりによって、年に一度の迎え盆の日に、のこのこと来るから、決まり悪い思いをする羽目になる。しばらく女性との間でぎこちないやり取りをしていると、

「いやいや、本当に遠慮なさらず、入ってくださいよ」

見かねたのか、加瀬と女性の間に島村が割って入ってきた。

「姪なんです。ぼくの跡を継いで仲介役をしています」

言われてみれば雰囲気が似ている。二人ともこざっぱりとして、品がいいのだ。生きていた頃なら、まず接点がなかったな。加瀬はぺこりと頭を下げてから、おずおずと敷居をまたいだ。

島村の姪が会釈する。

「島村千鶴です。叔父の跡を継いで、仲介役をしています」

楚々とした声で名乗り、こちらを見る。綺麗な人だ。三十歳くらいか。

いつ誰が訪ねてくるかもわからないし、仲介役なんて若くして引き受けて大変だな、と自分も来ておきながら思う。一方で、こういう人がいるのはありがたいとも思う。死んでからというもの、生きていたとき以上に周りから顧みられなくなった。まあ当然と言えば当然だが。すれ違っても、誰も加瀬の存在に気づかない。まるで、ドラえもんのひみつ道具の石ころぼうしをかぶったみたいだ。道端に転がっている石のごとく、誰の目にも留まらない状態だ。

もっとも、生きているときも似たようなものだったか。加瀬は心の中で自嘲した。

「挨拶も済んだところで、リビングに行きますか」

もとは自分の家だったというだけに、島村が奥へ案内してくれた。ふわふわした白い猫が、弾むような足取りでついていく。

「ユキ、歩きにくいよ」

島村が苦笑する。実際に触れなくとも、生きているときの感覚は何となく残っているから、足下に小さな生きものがまとわりついていると、やはりうっかり踏んでしまいそうな気になるのだろう。

それにしても高そうな猫だ。加瀬が子どもの頃、近所で見かけたような野良とは、毛艶からして違う。顔も縫いぐるみさながらの器量よしで、加瀬など触るのもためらわれるほどだ。

短い肢でちょこまかと島村を追う、高級毛糸玉みたいな猫を目で追いながら、加瀬は首を捻った。

どうもイメージにそぐわないけどな。

この白猫が霊に身を貸してくれる、特別な猫とは考えにくい。どう見ても、ただの可愛い座敷猫じゃないか。今も島村にべったりで、――ん？　ということは霊が見えるのか？　すごいな。ただ、加瀬には目もくれない。

加瀬はリビングに案内された。床も家具も飴色で統一された、落ち着いた雰囲気の部屋だ。十五畳以上あるだろうか。南に面した掃き出し窓の傍には、イーゼルが立てかけてある。

キャンバスには何も描かれていないが、近くに置いてある丸椅子の上にはスケッチブックが載っていた。千鶴は絵を嗜む人なんだな。こういう家の住人らしい高尚な趣味だと思った。

「あらためてご紹介します。この子がユキです」

部屋を見渡していると、千鶴が声をかけてきた。手を広げ、島村の傍にくっついている白猫を示す。

「ユキちゃん、はじめまして。どうぞよろしく」

へりくだって話しかけても、ユキは知らんぷりだ。

と思いきや、よく見ると耳をこちらへ向けている。無関心なようで、話は聞いているのだ。

自分のところの猫に頼めば、その目を使って生きている人と会わせてくれるよ、なんて島村に言われてついてきたけれど、果たして本当なのか。うまくイメージが湧かない。

そもそも、なぜ猫なのかとも思う。むしろ犬のほうが、まだわかる。人に忠実で、芸を仕込むこともできる。ひょっとして、からかわれたんじゃ？

（疑い深いのね）

急に白猫が振り向いた。丸い目でこちらを見上げ、ふんと鼻を鳴らす。

え——？

加瀬は耳を疑った。

（会わせてあげるわよ。お布施をくれたら）

言いながら、尻尾で床を叩く。

一瞬混乱したが、空耳ではない。千鶴の声ではないし、ましてや桔平のものではない。やっぱり、この白猫が喋っているのだ。口はほとんど動いていないみたいなのに、はっきりと耳に届く。理屈はわからないが、現に聞こえるのだから、この猫が喋っていると信じるしかない。

(空耳じゃないわよ)

加瀬の疑念を見透かし、白猫が口を挟んでくる。

(理屈も何も、わたしはちゃんと話してるの。聞こえないのは人間の耳のせい。だって、高い音を聞きとれないじゃない)

そういう話を聞いた覚えはあるが、加瀬には自覚がなかった。とはいえ、猫に比べれば、人の耳が機能的に劣っているのは間違いない。

(その通り。人の耳は大雑把すぎるの。なのに自分たちには聞こえないから、勝手にサイレントニャーとか言うわけ。声を出さずに鳴いているみたいだからって。呆れちゃうわ)

白猫はポンポン文句を口にする。

前言撤回。この白猫は、ただのお座敷猫でも、霊が見えるだけの猫でもない。加瀬の胸のうちを読み、返事をしている。大した超能力猫だ。

(で、誰に会いたいわけ)

丸い目を加瀬の顔に据え、訊いてくる。

口をわずかに開け、滑らかにサイレントニャーを繰り出してくる。

これまで考えたこともない不思議な事態だ。死んだら、猫と話ができるようになるとは思わなかった。

頭に、昔住んでいたアパートの大家さんの顔が浮かぶ。

堀篤子さん。

いつも朗らかで、加瀬の些細な話を何でも笑顔で聞いてくれた。大家さんなら、今のこの状況を伝えたら面白がってくれそうだ。そんな猫ちゃんがいるの？　と、小さな目を丸くするに違いない。

だいぶ時間が経ってしまった。変わりなければいいけど、年齢を考えると心配だ。

申し訳なくもあり、少し怖くもある。加瀬が享年四十七だから、今年で八十になるはずだ。長い間無沙汰をしたことを詫びて、感謝を伝えるつもりだった。ずっと会ってお礼を言いたいと思いつつ、結局不義理をしてしまったのが心残りで、加瀬は死んでから半年経っても浮遊霊としてこの世に留まっている。

白猫は澄んだ目で加瀬を見つめた。

今になって気づいたが、左右で瞳の色が違う。片方が黄色で、もう片方が青色。へえ、珍しいな。確か、何とかアイとかいう、縁起がいいとか言われている目だ。

自分のような奴の願いでも叶えてくれるだろうか。

（いいわよ）

白猫——いや、ユキがメッセージを送ってくれた。

え？　ひょっとして了解してくれたのかと、期待をふくらませたのも束の間、

（ただし、お布施が気に入ったらね）

小生意気な口調で付け加えてくる。お布施か。金なんて持ってないのに。まったく、生きても死んでも世知辛いな。

広々としたリビングで、あらためて千鶴が「猫語り」について説明してくれた。

「ユキが了承すれば、まばたき七回分の間、生きている人と話ができます。会いたいのはどなたですか？」

「昔お世話になった方です。それにはお布施がいるんですよね」

「そうです。人生で一番幸せな思い出をユキに聞かせてあげてください。お布施が気に入れば交渉成立です」

「え、そんなものがお布施になるんですか？」

お金じゃないのはよかったけど、ユキが気に入るものでなければ、お布施として受け取ってもらえない。加瀬は頭を抱えた。

難しいな。猫に受けそうな話にしたほうがいいのかな。いや、どっちにしてもまったく思いつかない。棒アイスの当たりが三回続いたことがある、とかじゃ駄目だろうし。

「もし気に入ってもらえなかった場合、二回目のチャンスはあるんですか」

「残念ですが、一度だけという決まりでして、その場合、『猫語り』はできないことに

「……」

「こいつは失敗できないな。ユキちゃん、どんな思い出話が好みなんだろう。ヒントみたいなものはありますかね」

ユキの澄ました顔は自分で考えなさいよ、とでも言いたげだ。

「好みはわからないんです。わたしもまだ二回しか仲介したことがなくて」

「そのときは、どんな話を？」

参考になればと訊ねると、島村が口を挟んできた。

「申し訳ないのですが、お布施の内容はお話しできないんです。仲介人は大切な思い出話を他には決して漏らさないということになっていますから」

「そりゃそうですよね」

「ユキの好みというより、加瀬さん自身の心が温かくなるような思い出話がいいのではないでしょうか。素敵なお話を聞かせてやってください」

島村は爽やかな顔で笑い、優しい目で白猫を見た。

そうは言うけど――。

四十七で死ぬまで、加瀬はずっと地味な人生を送り、その上不運続きだったのだ。披露できるような、特別で幸せな思い出など、逆立ちしても出てこない。

「どうかしましたか」

千鶴が心配そうに、加瀬の顔を覗き込む。

「いやあ」

頭を掻きながら、苦笑いを浮かべた。

「素敵な話と言われて、そんないいことあったかな、って。いろいろ考えても、中々出てこなくて」

「そうですよね。ぱっと出てこないですよね。きっと、特にキラキラしたものでなくていいと思うんです。ご自分にとって幸せな思い出であれば」

「はあ……」

「例えば、奥さんやお子さんと過ごした楽しい出来事はありませんか？」

千鶴が思案顔で言った。

「わたしはずっと独り身でして」

死んだときも一人だった。両親とも他界し、結婚はおろか、交際相手がいたこともなく、休みの日に遊びに出かける相手もいなかった。引っ込み思案な上に、金がないと、交友関係は狭くなる。

「では、子どもの頃などはどうですか？　お友だちとの思い出とか」

「うーん」

子どもの頃など、もっとだ。楽しかった思い出よりも、辛い思い出が先に来る。

「残念ながら、それも……こういう家で育っていれば、違ったんでしょうけどね」

加瀬は苦笑いして続けた。

「母親が無精で、家がすごく汚かったんですよ。とてもじゃないけど、恥ずかしくて家に友だちを呼べる状態ではなかった」

母親は体が弱く、そのため定職につけなかった。父親が物心つく前に病気で死んだ後、スーパーにパートに出たものの、生来の怠け癖もあって、すぐに疲れたと言っては度々仕事を休んだ。満足に稼ぐことはできず、結局、加瀬たち親子は生活保護の世話になった。

もちろん、楽しかった思い出もある。機嫌のいいときの母親は優しかった。育ててもらったことに感謝の気持ちもあるが、やはり総じて辛いことが多く、子ども時代の中から幸せなシーンを掬い出すのは難しい。

「すみません、鬱陶しい話で」

「いえ。そんなことありませんよ」

千鶴はかぶりを振る。

いかん。せっかく千鶴が気を遣って、あれこれ話を振ってくれているのに、すげない返事をして困らせてどうする。だけど、もう少しだけ話を聞いてもらおう。

「死に方も惨めなものでしてね」

自分の最期の姿を思い返すと、ため息が出てくる。

「わたし、こう見えてもまだ四十七なんです」

「お若くして亡くなったんですね」

一瞬間を置いて言った、千鶴の面持ちは柔らかかった。

いい子だな、と加瀬はその優しさにさらに甘える。

「老けてるでしょう。大抵十は上に見られるんです。下手すると、六十過ぎに間違えられたりして。小学生のときなんか、口の悪い奴に貧乏神みたい、なんて言われたこともありましたよ」

　貧乏神なんて、誰も見たことがないくせに、と当時は思っていた。けれど、今となっては子どもながらに鋭い喩えだったと感心してしまう。本当にその通り、自分は貧乏神にとりつかれていた。死ぬまで苦労し続けたし、最期まで実に冴えなかった。

　加瀬は歩いている途中で心筋梗塞を起こし、道端で息を引き取った。しかも倒れたところには、犬の糞があった。まったく、死に際まで情けない。

　死ぬ間際の不運はその他にもある。住宅街の比較的大きな通りだったのに、その時に限って人が通らなかったせいで、加瀬は助からなかった。救急隊員が駆けつけたときには、もう加瀬は霊になっていた。道端にだらしなく伸びた自分の体を、至極残念な気持ちで眺めていた。

おまけに死んだ日も悪かった。

「せめて、あと一日長生きしていればよかったんですけどね。その日は大事な約束があったんです」

「どなたかと会う予定だったのですか？」

「ええ。約束はしてなかったけど、訪ねていくつもりでした。その人と会いたいんです」

会えていれば、今頃心残りなく成仏していただろうな。最後に篤子に借金を返し、きちんと礼を言えていたら。

「その方に何か伝えたいことがあるのですね」

千鶴に問われ、加瀬はうなずいた。

「そうです。そのつもりで来ました。でも、今さらだけど、よしたほうがいいような気がします」

「なぜですか」

「間の悪いことに、倒れたのはお金を返しにいく途中だったんです。そして、唯一通りかかった男にその金を盗まれてしまいました。これではお会いしても、言い訳だけになってしまいます。やはり、わたしは貧乏神にとりつかれているんでしょう」

それが不幸のとどめだ。ようやく貯めた金を、恩人へ返す直前に盗まれるとは本当、死んでも死にきれない。

「えっ、助けないでお金を盗っていったんですか。ひどい」

「ええ、まったく。最期までひどい人生でした」

「何を言うんです。ひどいのは加瀬さんじゃなくて、泥棒でしょう。そこは怒るところですよ」

千鶴は白い頰を紅潮させ、眉を吊り上げている。

金を盗んだのは、小太りの若者だった。倒れている加瀬に近づいてきたかと思うと、救護するどころか、リュックを漁り、財布の中のなけなしの千円札二枚と、返すはずの金の入った封筒を盗って立ち去った。

「わたし、通報しましょうか」

「証拠がありません」

怒ってくれるのはありがたいが、あいにく一部始終を見ていたのは被害者の加瀬だけだ。

「近くに防犯カメラがあれば、映像が残っているかもしれませんよ」

「住宅地ですからね。たぶん、防犯カメラはないと思います」

それにあったとしても、被害者が死んでいて、おまけに天涯孤独の男では、警察が動いてくれるかどうか。

「解剖の結果、わたしの死因は心筋梗塞でした。事件性はなしとして、警察も何も調べなかったですしね」

「それでも犯罪をみすみす見逃すなんて、いけないと思います」

「しかし、わたしは死んだ上に遺族は絶縁状態だった母だけですし、それに前科持ちなんです。警察がわざわざ捜査するとは思えませんよ」

封筒には返すはずだった金の他に、手紙を入れていた。篤子への感謝の言葉を綴ったものだ。ようやく借金を返せるときが来て嬉しい、こんなに長くかかって申し訳ないと、自分なりに心を込めて書いた。

そのことに嘘はない。返す金も、薄給からこつこつ貯めた。贅沢はしなかった。それでも、罰が当たったという気持ちを拭えずにいる。篤子の信頼を裏切ったせいで、加瀬はこんなふうに未練に苦しみ、成仏できずにいる。

千鶴のように怒れないのは、盗んだ若者に昔の自分が重なったからだ。

若者は食い詰めているのが一目でわかる、みすぼらしいなりをしていた。何日も着替えてなさそうな、よれよれのシャツに汚れたズボンを穿き、たるんだ腹を抱えていた。食べる金もないのに肥るのは、安い菓子パンで腹を膨らせているからだ。自分も似たような体形をしている加瀬には、経験としてよくわかる。

背に腹は代えられず、やってしまったのだろう。腹は立ったが、反面納得していた。食い詰めていた頃、もし同じ状況に遭遇したら自分でもそうしたかもしれない、と思ってしまったのだ。

そんな自分が、返す金もなく、どの面下げて篤子に会うつもりだ。これでよかったのだ。実の親以上に加瀬を心配し、思ってくれた、そんな人に死を伝えても悲しませるだけだ。なあ——。

やっぱり会わないほうがいいじゃないかと、胸のうちで自分に言い聞かせる。そうすれば、加瀬は今も頑張っていると篤子は思ってくれるかもしれない。アパートに住んでいた頃のイメージそのまま、ずっと記憶に留めておいてくれるかもしれない。

横顔に千鶴の視線を感じた。

前科者だと打ち明けられたんだもんな。当然だ。いくら霊で、実体がないとはいえ、そんな者を家に招き入れてしまったことを、きっと後悔しているに違いない。きちんとお断りをして、出ていこう。そう思って踵を返そうとしたとき、ユキと目が合った。

なんだい——。

心の中で問いかける。ユキはソファの上にちょこんと座り、小さな顔を前肢に載せていた。上目遣いで、こちらを見ている。こまっしゃくれた面構えにどういうわけか気後れする。

いいよな。お前はひもじい思いなんてしたことないだろう。人も猫も、生まれ落ちる場所によって決まる。どうせなら、俺だっていい家に生まれたかった。

この立派な家のリビングには革張りのソファや、高そうなテーブルが置いてある。加瀬にはとんと縁がなかった代物だ。

自分の履いている靴下の、親指のところが透けているのが目に入った。

やおらユキが欠伸をした。

(愚痴を聞かせに来たの?)

加瀬の胸のうちを読んだのか、詰問してくる。

(お布施をくれる気がないなら、帰ってよね)

ユキは顔を前肢に載せたまま目を閉じた。退屈で眠くなったのかもしれない。つまらない話につき合わされるくらいなら昼寝するわ、といった態だ。

よく寝るから「ねこ」と言うのだと、篤子に教えてもらったことを思い出した。加瀬が猫を羨んだ時に。自分も昼寝三昧の暮らしがしたい、そんなことを言った気がする。

そうしたら、無い物ねだりをしても始まらないと窘められた。

人は人、猫は猫、自分は自分——。

ほんの冗談だったが、僻む暇があったら精進なさいと、言うつもりだったのだろう。篤子の言葉はいつだって優しく俺の背を押してくれた。

やっぱり、会いたい——。

痛切な思いに突き上げられた。

死にきれずに、ここまで来たのだ。断られたら、そのとき諦めればいいじゃないか。自分を卑下していてもなにも始まらない。少なくとも、この家にはたどり着いたのだ。とにかく聞いてはくれると言うのだから、心のままに話してみよう。

3

もみじ荘という何の変哲もない名前が、そのアパートにはついていた。外階段のついた、昔ながらの、当時から古びた二階屋の建物だった。高校を卒業して越してきた俺は十八で、大家さんは五十過ぎ、親子ほどの歳の開きがあった。

最初は、うるさいおばさんだと煙たく思っていた。

何しろ、顔を合わせるたび、ゴミの出し方がよくないだの、テレビの音をもう少し絞れだの、実家にいた頃は思いも寄らなかった小言を浴びせられるのだ。自分としては悪気のなかった落ち度を突かれ、その都度、俺は面食らった。

とはいえ、いちいちもっともなことではある。ゴミの出し方が悪ければ、収集車も持っていってくれない。アパートは壁も薄い。だとしても、大家さんのところまで聞こえるわけもないから、つまり俺の隣人から苦情がいったわけだ。

指摘されたことは他にもある。

外廊下で洗濯機から洗濯物を出していた時には、

「白いものと色ものを一緒に洗っちゃ駄目でしょう。ジーパンなんて、すぐに色落ちするんだから」

あらあらと苦笑いを浮かべた篤子は、出来の悪い生徒を諭す教師のようだった。

だが、これはありがたい助言だった。実際、このときも買ったばかりの会社用のワイシャツが見事に青く染まってしまったのだ。高卒で小さな会社に入った俺は、替えを一枚持っているだけだった。ワイシャツを一枚買うのも惜しい経済状況で、このときは大家さんが漂白剤を貸してくれ、どうにかシャツを白に戻せて助かった。

「面倒でも、色ものは分けて洗いなさいな」

「はあ」

この頃の俺は、そんなことすら知らなかった。

「干すときも、ちょっと面倒だけど皺を伸ばしておくといいわよ。後のアイロンがけが楽になるから」

アイロンは持っていなかったから、お金が貯まったら、まず買おうと思った。干すときも、きちんと皺を伸ばそう。それまで毎日シャツの皺をとるのに苦労していたのだ。

挨拶は自分からするものだ、と教えてくれたのも大家さんだ。

実家では親とは起きて顔を合わせても、何となく照れくさくて、顎を引いてごまかすことも多かった。けれど、大家さんに言われてからは勇気を出して、誰に対しても自分から声をかけるようにした。

たかが挨拶と思っていたけれど、違った。以降、周囲の態度が変わった。それまで親しくなかった上司や同僚との関係が滑らかになり、格段に仕事がしやすくなったのだ。

勤めていたのは、中堅の住宅メーカーだ。

同期のほとんどは大卒で年上だったが、気合いで勝てると思っていた。実際、ひょろりとした奴が多かった。仕事がきつい業界だから、自分でも拾ってもらえたのだと承知していた。

配属されたのは営業部門である。

仕事は嫌いではなかった。むしろ好きなほうだった。社交的ではないと自覚がある俺は、知識では負けないよう努力した。知識がありながら、地味で多弁ではないところも、家という高額商品の営業マンとしては、却って信用できると言ってくれるお客さんも少なくなかった。営業成績は中の上で、目立つほうではなかったが、自分なりに頑張っていたつもりだ。

俺は、二十六で主任になった。ほとんどの者が年数を経ればもらえる役職とはいえ、給料も上がった。アパート暮らしも年季が入り、洗濯もアイロンがけも余裕でこなす。が、金は貯まらなかった。母にしょっちゅう無心されていたからだ。

アパートに帰って、固定電話の留守番メッセージのランプが点滅していると、憂鬱になる。

「あのね、お金がないの」

いつもの鼻に掛かった声がテープに吹きこまれている。

「倹約しているつもりなんだけど、ごめんなさいね。三万でいいから、送ってもらえると助かります」

またか。一カ月前にも五万円渡したばかりだ。いったいどう倹約しているのか。

でも、送金するしかない。断っても、しつこく催促されるだけだ。下手をすれば、母は会社にまで電話をかけてくる。

それにしても――。

三万でいいから？　母なりに遠慮しているつもりなのかもしれないが、その言い草はない。

その三万を捻出（ねんしゅつ）するのにどれほど苦労するか、母は知ろうともしない。自分は働かず、金を送ってもらうだけだから。そのくせ、三万では満足しないときている。

昇給したといっても、所詮は中小企業のサラリーマンにとって、数万円の出費は痛い。おまけに金を渡した後、半月もするとまた電話が掛かってくる。育ててもらった恩があると思うから、その都度どうにか金を捻出していたものの、毎月金のやりくりには苦心していた。

俺がどうにか暮らしていけたのは、もみじ荘の家賃が安かったからだ。昭和の時代に建てられたアパートは六畳一間。風呂トイレ付きだったが建物は老朽化しており、駅からも遠かった。俺に限らず、長く住み続けている人が多かったのは、そんな事情もあって、大家さんがずっと家賃を据え置いていてくれたからだ。

店子(たなこ)の懐の厳しさをわかっていたからだと思う。大家さんはもみじ荘の隣の一軒家に暮らし、すぐ近くで住人の暮らしぶりを見ていた。

大家さんが教えてくれるのは、おそらく普通は親からアドバイスされることだ。

給料の中から決まった額を貯金するといいとか、災害に備えて買い置きしておいたほうがいいものだとか、そんな類(たぐい)のことである。当時、パソコンやインターネットが普及しはじめていたが、もちろん俺は持ってなどいなかった。だから、俺にとって貴重な情報だったし、何よりその気持ちがありがたかった。

母も気の毒な人ではある。幼いうちから病弱で、甘やかされて育ったせいで、世間知(せけんち)のないまま大人になってしまった。生活には金が必要なことも、それには働かねばならないことも、本当にはわからずに生きてきた。俺が死んだことで初めて現実に直面し、さぞや狼狽(ろうばい)しているだろう。これから先、どうやっていくつもりなのか。正直、不憫だ。

家族に祝い事があったときは赤飯を食べるのだと教えてくれたのも大家さんだった。

「はい、お祝い」

ある日、帰宅してすぐに訪ねてきた大家さんから手渡されたのは、どっしりした風呂敷包みだった。包まれていたのは重箱で、中には俵に結んだ赤飯がぎっしり詰まっていた。

「どうしたんですか、これ」

「だからお祝いよ。加瀬くん、昇進したんでしょう」

「へ？」

「この間、そう言ってたじゃない。主任になったって」

「まあ、なりましたけど――」

まいったな。何かの話のついでにぽろりと話したが、うちの会社の主任はほとんどの者がなれるものだし、大した昇進ではないのだ。

「おめでとう」

あまりに面食らって、お礼の言葉が出なかった。

「よかったわね。まだ二十代半ばだというのに大したもんですよ。あんまり嬉しくて、つい炊きすぎたのよ。もし食べきれなかったら、冷凍してちょうだい」

大家さんは俺の無反応を気にもせず、にこにこ顔で続けた。

「炊きすぎた？」

俺は思わず訊き返した。

「これ、大家さんが作ってくれたんですか」

「そうよ。口に合えばいいけど」

さも当然といった調子でうなずく大家さんの顔を、俺はしげしげと眺めた。

「すごいな。こんなことしてもらうの初めてです」

赤飯なんて、わざわざ家で作らなくても、コンビニやお店でも買える。しかも重箱。まるで時代劇に出てくる花見じゃないか。なんだか大袈裟で、少し可笑しかった。

「お赤飯は苦手だったかしら」

「いや、好きです。これって冷凍できるんですか？」

「そうよ。ご飯、冷凍したことない？　ラップに包んでただ冷凍庫に入れればいいの。食べるときは電子レンジでチンするだけだから楽よ。わたし一人だから、いつも多めにお米を炊いて冷凍しておくの。無精だけど」

ふっくらした手で口許を覆い、大家さんは笑った。

「無精なんかじゃないですよ」

「優しいのね、加瀬くんは」

「そうじゃないです。俺、赤飯を自分で作る人に会ったの、大家さんが初めてなんで」

「あら……」

「うちは母親が料理をしないんです」

「今は便利なものがたくさんあるものね。わたしは古い人間だし、暇だから」

母は確かに大家さんより若いが、もっと暇だ。

「それに、売っているお赤飯のほうが味もいいでしょうし。期待しないでちょうだいね。所詮、素人料理だもの」

赤飯はうまかった。どんな秘訣があるのだろう。コンビニやスーパーで売っているものとはまるで違う。小豆もふんわり柔らかく甘味があり、しょっぱい胡麻塩が後を引く。

もとから小食で、腹に入れば何でも同じだと思っていたけど、それは手作りの味を知らなかったせいだ。大家さんの赤飯はいくら食べても飽きなかった。冷凍して次の楽しみに少し取っておくつもりが、結局ぺろりと平らげてしまったほど。

ちゃんとしたものを食べたおかげか、翌朝は何だか肌つやがよかったのには驚いたな。

考えてみれば、誰かにおめでとうと言われたこと自体、いつ以来だったろう。

といっても、別にすごいわけじゃないから、祝ってもらうのはおこがましい。正直なところ、むしろ決まりが悪い。それでもやっぱり嬉しかったのだ。同時に、自分が過ごしてきた日々の寂しさにも気づいてしまったけど。

「ありがとう」や「おめでとう」。

そういう言葉をかけてもらった回数が、そもそも少ない。だから褒められると、どう反応していいかわからなくて困る。

母の口から出てくるのは、大抵愚痴か誰かの悪口だ。体のどこそこが痛いとか、だるくてたまらないとか。隣近所の誰かにこんな厭味を言われたとか、市役所の人間は意地悪揃いだとか、とにかく常に何か不満で、気に入らないことを見つけていた。俺は子どもの頃から、そんな母と二人きりで食卓を囲んでいたのだ。

子どもの頃、母と暮らしていたアパートの台所には、脂と手垢でベトベトしている、ちゃちな食器棚があった。そこに入っていたのは、縁の欠けた平皿と茶渋がついたままの湯飲みくらい。俺はスーパーの売れ残りの総菜をおかずに、パック入りのご飯を食べて育ったのだ。

何度か大家さんの家に招かれ、食事を共にしたことがある。

そのとき俺は驚いた。料理の美味しさだけにじゃない。大家さんが食卓で話題に出したのは、昔見た好きな映画や本、たわいもない冗談といった明るいものばかりだったのだ。

一番印象的だったのがオードリー・ヘップバーンに憧れていた話だった。

「素敵でしょう、綺麗でほっそりしていて。まるでおとぎ話に出てくるお姫様みたいよね」

映画も全部見たという。

「『ローマの休日』もいいけど、わたしは『ティファニーで朝食を』が好きなの。窓枠に座って、ギターを弾きながら歌うシーンが素敵でねえ」

俺は観たことがないが、大家さんが口ずさんだ歌には聞き覚えがあった。ヘップバーン演じる主人公ホリーが、頭にターバンを巻いて歌う、有名なシーンだということは、後で調べて知った。当時、歌も大ヒットしたのだという。

「一度、わたし真似したのよ」

大家さんは内緒話を打ち明けるような顔で言った。

「といっても、ターバンなんて持ってないから、タオルでね。それもお洒落なものじゃなくて。出入りの酒屋さんからもらった、お店の屋号入りのぺらぺらしたのを頭に巻いて、ギターの代わりに竹箒(たけぼうき)を抱えたわけ」

話しながら、大家さんが声を上げて笑う。

「途中でバランスを崩して、危うく窓から転げ落ちそうになっちゃって。その拍子(ひょうし)に箒を落としたのよ。そうしたら、下に父がいて、頭に当たっちゃってね。叱られて大変だったわ」

大家さんの家には大きく引き伸ばした、白黒の集合写真が飾ってある。箒を頭に落とされた父親は、口髭を生やした気難しそうな人だ。あの人が怒ったら、さぞや怖いに違いない。太い眉を吊り上げ、カンカンになった顔が目に浮かぶ。周りで見ていた人もたぶん驚いて、そのうち大笑いしたろうな。

「まあでも、落ちたのが軽い箒でよかったですよね」

大家さんはまったくその通りと言わんばかりに大きくうなずいた。

「そう、もし落ちたのがわたしのほうだったら大変よ。なにしろ、肥っているでしょう。この大きなお尻で父を潰して、救急車を呼ぶ騒ぎになったかもしれない」

「そんな……」

「そう考えると、箒を落としたわたしはむしろ運がよかったわね」

大家さんの笑い声につられて、気づけば俺まで笑っていた。

運がいい――。

その言葉には半分同意する。

別にことさら強運で幸運なわけじゃないと思うのだ。出会った時点で既にご主人を病気で亡くしており、一人娘も遠方に嫁ぎ、大家さんは独り住まいだった。ときには無性に寂しい思いをすることもあったはずだ。

大家さんがいつも明るい顔をしているのは、周囲への気配りなのだと思う。好きなものにばかり囲まれている人などいない。大家さんだって、つまらない不運に見舞われる日もあるに決まっている。

赤飯の入っていた重箱は、使い込まれて小さな傷がいくつもついていた。ずっと前から大事にしているのがわかったから、俺は丁寧に洗った。黒い漆に扇子と瓢簞（ひょうたん）の描かれた古い重箱を眺めていると、大家さんがそれまで積み重ねてきた暮らしぶりを感じられた。

それだけで、なぜか泣けた。可笑しな奴と思われたくなくて、大家さんには言わなかったけど。

重箱を返すとき、お礼にちょっとした菓子を添えた。

どんなものなら喜んでもらえるだろう。甘いものが好きだと聞いたことがあるから、菓子にするのは決まりとして、和菓子がいいか、洋菓子がいいか。いざ選ぶとなると、中々決められない。

こういうとき、常識がないと困る。大袈裟なものではありがた迷惑かもしれない、でも適当に選んだものでは自分の気が収まらない。いくつもの店を回り、俺はささやかな贈りものを選んだ。誰かの喜ぶ顔を思い浮かべながら贈りものを探す時間がこんなに楽しいなんて、俺は知らずに生きてきた。

「まあ嬉しい。このお店のクッキー、わたし大好きなの」

大家さんに笑顔を向けられたとき、比喩ではなく、実際に胸が温かくなった。

よかった。自分でもびっくりして、その後じわじわと感動がきた。何だろう、この気持ち。実際に、胸が温かくなってるじゃないか。

たぶん些細なことなのだとは思う。大抵の人は当たり前に知っていて、口にすれば、今さら何だと呆れるようなことかもしれない。

この人の息子だったら、と何度思ったことか。大家さんの家に生まれたかった。

贅沢でなくていいのだ。むしろ平凡でいい。俺が欲しかったのは、一緒に食事をするのが楽しい、そんな家族だ。好物は母さんの作る赤飯。そういうことを言ってみたかった。

ということはつまり、あの赤飯が俺にとって、一生で一番のご飯だったということだ。

あれ以上うまいものを俺は知らない。

*

（合格よ）

かぼそい声が聞こえ、加瀬は我に返った。

脳内に話しかけてきたのはユキだった。リビングの床で大の字になり、両手両肢を広げてうっとりしている。どうやら、今の話をお布施として受けとってもらえたらしい。自分としてはそのつもりもなく、単に昔を思い出して話していただけなんだけど。気負っていなかったのがよかったのかもしれない。

それにしても、すごい格好だな――。

無防備だ。猫の急所がお腹だとは、加瀬でも知っている。こんなふうに堂々と人前に晒して平気なのかと、他人事（ひとごと）ながら心配になった。人じゃなくて猫だけど。

（ところで、お赤飯ってササミとどっちがおいしいの？）

まいったな。

自分の好みじゃなくて、猫にとってを考えたほうがいいのか。いや、そもそも今の話の肝は味の良し悪しじゃないんだけどな。果たして何と答えたものやら。ここで受け答えにしくじったら、せっかくもらった合格も取り消されたりして。加瀬が答えあぐねていると、

「ユキ、赤飯はね」

と、渋い声が間に割って入ってきた。

「特上ササミみたいに特別なものだよ」

リビングの壁にもたれていた島村が言うと、ユキが身を起こした。ふわふわした尻尾をピンと立てる。

「特上ササミなら買ってあるけど。お盆だし」

ソファに腰を下ろしていた千鶴も、会話に加わってきた。

「よかったな、特上ササミを食べられるみたいだぞ」

島村がしゃがんでユキの顔を覗き込む。

「んにゃああ」

特上ササミがあると聞いた途端に大興奮だ。甘えた声を上げ、島村と千鶴の前を行ったり来たりしている。おすましな猫とばかり思っていたが、そうでもなかった。

「もう。食いしん坊なんだから」

千鶴は呆れ顔をして、腰を上げた。

「さっき朝ご飯を食べたばかりなんだし、少しだけね」

言いながらリビングを出ていく。ユキは小走りに千鶴についていった。

「あ、ちょっと」

加瀬は不安になって思わずつぶやいたが、ユキは振り向かなかった。

「大丈夫ですよ。ユキはすぐ戻ってきます。さっき、ユキがお腹を見せたでしょう。あれが契約の証みたいなものなんです」

話に満足すると、あのポーズが出る。島村によると、逆にお布施が気に入らない場合、ユキは後ろ肢で砂を蹴る真似をするそうだ。

「へえ……」

「猫ですから。いい気持ちになった時だけお腹を見せるんです。猫は警戒心が強い生きものですけど、ユキはその傾向が強くて、家でもめったに、あんな格好をしないんですよ。加瀬さんの話でいい気持ちになったのでしょう」

やがてユキが戻ってきた。

桃色の舌をちろりと出して、口の周りを舐めている。

本当かい――？

加瀬は胸のうちで問うた。さっきの話で満足してくれたのかい。

ユキはおもむろに床へごろりと仰向けになった。

「ほら」

島村が笑った。

4

篤子は「コスモス園」という老人ホームに入っているそうだ。

施設は、同じ路線の駅から歩いていけるくらいの場所にあるらしく、そう遠くない。が、加瀬が生前に連絡をしてみたところ、篤子は足を悪くして車椅子を使っているそうだ。

それだと、ここへ来てもらうのは無理ね――。

千鶴は思案した。この家へ来てもらって、ユキの目を借りるのが通常だけれど、篤子の足が悪いなら今回は出張してみよう。

千鶴はネットでコスモス園を検索した。広々とした敷地に建つクリーム色の建物がトップページに出てくる。

面会するには予約が必要だと、注意書きがある。千鶴はさっそく老人ホームへ電話をかけ、面会を願い出た。

「どのようなご関係でしょうか」

職員が当然の質問を事務的にぶつけてくる。

ここは正直に言うほかない。

「昔、篤子さんが大家さんをされていたアパートに住んでいた、加瀬徹さんの代理人です」

加瀬の名を憶えていれば、会ってもらえる可能性はある。

「では、ご本人の希望を伺ってからお返事いたします」

「ぜひとも加瀬さんがお会いしたがっている、そうお伝えいただけますか。どうしてもお伝えしたいことがあるんです」

お願い。どうか憶えていますように。

祈る気持ちで千鶴は訴え、電話を切った。せっかくユキの許しを得たのに、肝心の篤子に断られたのでは、文字通り加瀬が浮かばれない。

ソファに戻って、膝の上にスケッチブックを広げる。連絡が来るまで他にすることもなし、加瀬の話を聞きながら、描いた絵の続きに取りかかることにした。

昭和の香りのする二階建てのアパート。

次の絵では篤子をころころした、笑顔の似合う感じのいい女の人に描いた。篤子は両手に風呂敷包みを抱え、二階の一室の前に立っている。次の一枚には、部屋のドアを開けて出てきた加瀬。帰宅してすぐのことで、当時は住宅メーカーの営業だったというからスーツ姿だ。若かりし頃の加瀬は思いがけない贈りものにとまどっている。

次のページは重箱の蓋を開けたところ。つやつやした小豆をたっぷり炊き込んだ、手作りの赤飯を見て、お祝いされることに慣れていない加瀬が目を丸くしている。それでいて、どこか嬉しそうな表情にした。

一緒に祝ってくれる人がいると、嬉しい気持ちは大きく膨らむ。それは千鶴も知っている。加瀬にとって篤子は、アパートの大家さんというよりもっと近しい存在に思える。

血のつながりはなくとも、気持ちでつながっていたのだ。実の母親より大きな存在だったことが言葉の端々から窺える。だからこそ、会わせてあげたい。

老人ホームからの連絡が来た。

「堀さん、お会いになるそうです」

加瀬の名を篤子は憶えており、すぐに了承したという。

「今日でも都合はいいそうですが、どうされますか？」

千鶴が問うと、加瀬は前のめりに返してきた。

「ぜひお願いします」

「では、時間は――」

少しでも涼しく、かつユキの瞳孔がよく開く時間帯のほうがいいだろう。千鶴は職員と面会時間を調整し、夕方六時半に老人ホームへ行くと伝えた。

「ありがとうございます」

加瀬は深々と頭を下げた。作業着に包まれた大きな背を丸め、しばらく顔を上げようとしない。

「あの……」

どうしちゃったの。あまりに長いので、ひょっとして気分でも悪くなったのかと思いきや──、加瀬は涙を堪えていた。

「すみません。本当に会えると思ったら、ちょっと気持ちを抑えられなくなってしまって」

「お話を聞いてわかりました。とっても大事な方なんですよね」

「ええ」

加瀬が小刻みに何度もうなずく。

いい人みたいだけど──。

この人が前科者だと聞いた時は、正直怖くなった。たとえ、こちらに触れることもできない霊だとわかっていても、お引き取り願おうと思った。だが、事情がわかるにつれ、その怖さは消え、加瀬のことが気の毒になってしまった。大家さんがいたから、どうにか頑張ってこられた。一時期、それくらい危うい状態で加瀬は生きてきたということなのだろう。

家を出て電車に乗った。

千鶴はユキを入れたキャリーバッグを抱え、車両の隅に立っていた。傍らには加瀬がちゃんとついてきている。お盆だからか、夕方の時間帯でも乗車率は八割くらいといったところだった。

電車の窓からは、うっすら暮れかけてきた夕焼け空が見える。乗ってから、千鶴は自分の適応障害の症状を思い出した。加瀬を篤子に会わせることで頭が一杯で、うっかり忘れていた。

今は何ともないけど、大丈夫かな――。

だが、ここが電車だと意識した途端、なんだか鼓動が速くなってきた。周りを人に囲まれている、そう思うと、足下がふわふわと覚束(おぼつか)なくなる。

「どうかしましたか」

加瀬が遠慮がちに声をかけてきた。

「いえ、なんとも……」

なるべくぎこちなく聞こえないよう、口の両端を上げて答えてから失態を悟る。

しまった、つられて口に出して返事しちゃった。霊の加瀬は他の人に見えず、声も聞こえないのに。これではおかしな独り言だ。ほら、透けた加瀬の向こうに立っている女の子が、怪訝そうにこっちを見ているじゃないの。

咳払いでごまかし、千鶴は車窓に目を遣った。加瀬も話しかけたのは失敗だったとわかったみたいで、それ以降は口を閉じた。でも、心配そうな目でこちらを見ている。

しっかり、しっかり――。

胸のうちでつぶやき、千鶴は自分を励ました。

降りる駅まであと少しなのだ。自分のせいで、加瀬が篤子に会えなくなったら大変だ。

「んにゃ」

ユキがキャリーバッグの覗き窓に額をくっつけ、じっと丸い目を瞠っている。いつも家にいるときと同じ、ちょっと生意気そうな顔で千鶴を見てくる。安心な縄張りを出て、外へ連れてこられたのに、ユキはちっとも動じていない。すごいな。いっそふてぶてしいくらいの落ち着きぶりが羨ましい。

だけど、澄んだ黄色と青色のオッドアイと目を合わせているうちに、気分の悪さが治まってきた。そうよね、今は一人じゃない。腕の中にユキがいる。仲間がいると思えば、手にも足にも力が戻ってくる。

キャリーバッグをぎゅっと抱くと、ユキが前肢を伸ばして突っ張った。ピンクの肉球を蓋にぴたりと押しつけ、千鶴から顔を逸らしている。鬱陶しそうな顔しちゃって。お礼のつもりで腕を回したのに、素っ気ないんだから。いつもは腹を立てるところだけれど、今はユキのそういうところが可愛い。

　気が紛れたおかげで千鶴は無事に目的の駅までたどり着いた。

　スマートフォンで検索したところ、老人ホームまでは歩いて十分くらいだから、約束の時間にぴったりだ。

「顔色、よくなりましたね」

　道中、人がいなくなってから、加瀬が安堵した声で言った。亡くなった人に顔色の心配をさせてしまった。

「ありがとうございます。もう大丈夫です」

「貧血気味でしたら、ほうれん草を食べるといいですよ」

「あ、それも大家さんが教えてくださった豆知識ですか」

　加瀬はうなずいた。

「わたしは朝食をとる習慣がなかったせいか、しょっちゅう貧血を起こしていたんです。その話をしたら、大家さんがほうれん草のバター炒めをタッパーに詰めて、部屋まで持ってきてくれて。朝、少しでもお腹に入れていきなさい、って。あれもうまかったなあ」

　懐かしそうに話しながら、顔をほころばせている。

　貧血ではないながら、千鶴もほうれん草は好きでよく食べる。バター炒めは下茹でもいらず、簡単でいい。篤子も加瀬が楽に作れるものを薦めたのだろう。

老人ホームが見えてきた。
外観はマンションとあまり変わらない。クリーム色の建物を囲むように庭が広がってい
て、ベンチもある。
少し暗いところのほうがいい。だいぶ暑さもやわらいだし、篤子の了解が得られれば外
で面会してもらってはどうかと、千鶴は思った。猫のユキを連れていることだし。
受付の女性に、篤子に面会にきた旨を伝えた。
「ペットもいますので、庭のベンチでお会いすることはできますか？」
「構いませんよ」
「ありがとうございます。では、外で待っていますね」
千鶴は会釈をして、庭へ向かった。隅のベンチにキャリーバッグを置く。
「着いたよ」
ユキはキャリーバッグの覗き窓から外をきょろきょろと眺めた。桃色の鼻をひくひくさ
せ、風の匂いを嗅いでいる。巻き毛が風になぶられるのが気持ちいいのか、顔を仰向けて
目を細めている。
加瀬はベンチの傍に立っていた。硬い表情をして、拳を握りしめている。霊も緊張する
んだな。
「あ、いらっしゃったようですよ」

職員に伴われ、建物の入り口から篤子らしき人が出てきた。

え――。

一瞬、千鶴は目を疑った。あらわれたのが、ひどく痩せたお婆さんだったからだ。

加瀬の話から、ふっくらした女性とばかり思っていた。ムーンリバーを歌っているときに窓から竹箒を落としたエピソードでも、自分は肥っているからと篤子が言ったと、加瀬は話していたはずだ。

職員が千鶴を示すと、篤子はうなずいた。杖をつき、一人で歩いてくる。ひどく覚束(おぼつか)ない足取りだ。体を左右に揺らしながら、ほとんど杖に縋るようにしている。ちらちらと加瀬を窺うと、驚きを隠せない顔をしていた。目を大きく見開き、こちらへ向かってくる篤子を凝視している。

ベンチの前に来ると、篤子は杖に両手をかけて立ち止まった。

物問いたげな顔で千鶴を見上げる。

「はじめまして。今日はお時間を作っていただき、ありがとうございます」

篤子は大儀そうに顎を引く。

「加瀬徹さんの代理で参りました、島村千鶴と申します。加瀬さんは後からいらっしゃいます」

「ええ」

声も小さい。肌は粉を吹き、薄いブラウスに包まれた肩が尖っている。八十歳とはいえ、同年配にはもっと元気な人も多いだろうに。ひょっとすると病気を抱えているのかもしれない。

「もし大家さんが怖がる様子を見せたら、そこで止めます」

加瀬が言い、こちらを見た。

いいのですか？　と目顔で問うと、うなずく。

「大家さん、前から心臓があまりよくないんです。霊になった姿であらわれて、驚かせたくないので」

同じことを千鶴も考えた。でも、せっかく目の前まで来たのに、話せないとしたら切なすぎる。

「どうぞ、おかけになってください」

千鶴は篤子にベンチに座るよう勧めた。自分もその隣に腰を下ろし、そっと寄り添う。

「加瀬くんは、あとどれくらいで来るの？」

おっとりと首を傾げて篤子は問う。千鶴に向ける眼差しが柔らかい。この面会を楽しみに待っていたのが伝わってくる。

しっかりしなくちゃ。仲介役なんだから。

「もう近くに来ています」

「そうなの？」

篤子が目を見開き、ゆっくり首を巡らした。

「加瀬さんから、アパートに住んでいた当時のお話を伺いました」

言いながら、持参してきたスケッチブックを出した。篤子によく見えるよう、両手で顔の前で広げる。

「まあ、びっくり。よく描けているわねえ」

一ページ目はアパートの全体像だ。茶色いトタン屋根の、二階建ての素朴な建物で、外階段がついている。風呂敷包みを持つ五十代後半の篤子の姿を描いたのが二枚目。次には、スーツ姿の加瀬がドアの前で、その風呂敷包みを受けとっているシーンを描いた。

「お赤飯を作ってもらって、すごく感激したそうです」

次のページは加瀬が重箱の蓋を開け、びっくりしているところ。同時に喜んでいるように見える顔にした。重箱には俵形に結んだ赤飯が隙間なく詰まっている。

「憶えてるわ。昇進したと聞いて、嬉しくなって作ったのよ」

「余った分は冷凍にするといいと教わったけれど、おいしくて、その晩のうちに全部食べてしまったんですって」

篤子の口許（くちもと）がほころんだ。

「そう言ってたわね」

つぶやきながら手を伸ばしてきて、スケッチブックの紙面をそっと撫でる。

「重箱の柄まで憶えていてくれたのね。そうそう、扇子に瓢箪でしたよ。加瀬くん、頭がいいから」

「住宅メーカーで営業マンをされていたと聞きました」

「ええ。頑張ってましたよ。大学出の同期にも負けまいと一生懸命でねえ」

すぐ傍で加瀬が聞いているとも知らず、篤子は嬉しそうに話している。

「頑張り屋なだけに心配なの」

篤子の手が、スケッチブックに描かれた加瀬に伸びる。アパートの大家さんというより、母親のする仕草に思えた。もし加瀬が亡くなっていると知ったら、さぞや悲しむだろう。

どうしよう。本当のことを言うのがためらわれる。

でも――、隠したままでは話が先に進まない。言うしかない。きっと、いい結果になる。

千鶴が心を決めると、それに呼応するようにユキが細い声で鳴いた。キャリーバッグの覗き窓に顔をくっつけ、ぐいぐい押している。さっさと開けろ、と言っているのだ。千鶴が扉を開けると、待ってましたとばかりに、顎を上げ気味に出てきた。

「んにゃ」

芝生にごろりと仰向けになり、お腹を晒す。

「あら、猫ちゃんがいたの？　まあまあ、ひっくり返っちゃって」

篤子が目を細めるすぐ傍で、ユキが両手両肢を大の字に広げ、さあ、どうぞ、といった態で加瀬を見た。

ああ、説明する前に、ユキがしびれを切らしちゃった。仕方ない、こうなったら出たとこ勝負だ。

新たな「猫語り」が始まる。

5

(ほら早く)

仰向けになったユキに急かされ、加瀬は一歩近づいた。見えない手にいざなわれるように、ユキのお腹へ顔を近づける。日向(ひなた)の匂いが強くなったと思うと、目の前が暗くなった。

おお——。

次の瞬間、篤子の顔が大写しになった。

さっきまでと目の高さが全然違う。気のせいか、色の感じも違う。視力が悪い人みたいに周りの景色がぼんやりかすんでいる。ユキの体に入り、ユキの目を通して外を見ているからだろう。

篤子はすぐ近くにいた。

目が合った——ように思える。

「大家さん」

「加瀬くん？」

自分の声と篤子の呼びかけが重なった。

「そうでしょう、加瀬くんよね？」

篤子はびっくりしたように目を見開き、加瀬に顔を近づけてくる。

「……」

はい、と返事をしようとしたら、いきなり目の奥が熱くなった。堪(こら)える暇もなしに、涙が溢れる。しばらくの間、嗚咽(おえつ)で何も喋れなかった。しっかりしろよ。自分を叱りつけても、どうにも体がいうことを聞かない。

「お久しぶり」

篤子は穏やかに微笑んだ。

「——大変ご無沙汰しております」

ようやく、それだけ言えた。

「会いにきてくれて嬉しいわ」

「ずっと長い間、ご連絡もせず失礼しました。しかも、こんな形で——。あの、実は俺、死んだんです」

「そのようね」

「どうしてわかるんですか？」

こんな不思議な形であらわれたんだから当然だよなと思いながらも、加瀬はつい訊ねた。

「長く生きているとね、何でもわかるの」

大真面目な調子で篤子が答える。

「うふふ」

篤子が手を口に当てて笑った。

昔のままだな――、と思った。

ずいぶん面変(おもが)わりしたことに驚いたが、笑うと加瀬の知っている篤子の顔があらわれる。すぐ笑うところも、外国人みたいに肩をすくめる癖も変わっていない。

訊きたいことは色々ある。なぜ猫の目の奥にいるのを見ても驚かないのか、とか。が、今はそんな質問をしている場合ではなかった。何しろ時間がない。ユキの目を借りていられるのはまばたき七回分、こうしている間にも時間は過ぎていくと思うと、気ばかり焦る。

ふと一瞬、目の前が真っ暗になった。

何だ？　怪訝に思いかけ、あっと思った。まばたきか。当たり前だが、ユキと自分のタイミングが違うから、急に視界が途切れたみたいに感じるのか。今が一回目。案外早い。ぐずぐずしていたら、すぐに終わってしまうぞ。

「おいくつだったの？」

これは享年を訊かれているのだろう。

「四十七でした」

「早過ぎるわよ」

何と返したものか迷い、目を伏せた。

「わたしなんて、もう八十ですよ」

「お元気そうで何よりです」

長生きしてくれていることに感謝する。

「ありがとう。ちょっと足腰が弱っちゃって、杖を持つ身になったけれど、おかげさまで元気にやっておりますよ」

昔から、篤子は愚痴を言わない。

そんなところを特に尊敬している。身近にいた母親が愚痴ばかりだった分、余計に。

ふっくらしていたのが痩せてしまっているから、万全の体調でないことはわかる。ホームから出てきた姿を見たときには、ひょっとして別人かと思ったほどだ。一回り、いや二回りは痩せて、全体に萎(しぼ)んでしまった。

顔色もよくない。昔は血色がよかったのに、今は青白い。ぽってりした先の丸い靴に包まれた足首も折れそうな細さだ。

もっとも、加瀬も顔つきが変わったのでお互いさまか。ただ、こちらは篤子とは逆に、中年太りして顔にもタプタプと肉がついたのだが。

ぱちん。

また一瞬、視界が暗闇に閉ざされる。ユキのまばたき、これで二回目だ。

「加瀬くん、その服は仕事用？」

篤子が作業着を見て言った。

「そうです。最近は、工場で働き始めたので」

自分の作業着を見下ろして言った。

死んだ日は白いワイシャツに背広姿だった。篤子に会うために量販店でわざわざ買ったおろし立てだ。わかる人には安物とわかるだろうが、パリッとしていて自分では満足だった。今思えばその金があるなら、病院へ行っておけばよかった。死ぬ半月前から、どうも体の調子が悪かったのだ。歳のせいだと思い、やり過ごしていたのが仇となった。

霊になったとき、加瀬は作業着を着ていた。工場から支給された、灰色の上下である。機械油の染みは、どんなに洗濯しても落ちない。それに気づいたときは一瞬落胆したが、これでよかったと思っている。今の頑張りを見てもらおう。

「よく似合ってるわよ」

「ありがとうございます。いい工場なんですよ。小さいけど、活気があって業績も安定しているから、こんな中年でも正社員で雇ってもらえました」

「すごいじゃない。今どき正社員を新たに雇える余裕のあるところなんて少ないのよ。加瀬くん、見込まれたのね」

これだ。篤子はいつもこうして加瀬を認めて、褒めてくれる。

「たまたまですよ。急に辞めた人がいて、困っていたところへ応募したんです」

「加瀬くんが真面目だからですよ。頑張っていれば、ちゃんと見てくれている人がいるの。わたしからも社長さんにお礼を言いたいくらい」

アパートを出て五年。加瀬は無沙汰を続けてきた。

普通なら、借金を踏み倒して逃げたと思うところだ。少なくとも、加瀬ならばそう疑う。生活が苦しいと、人を信じられなくなる。

「本日は謝罪にまいりました。大変遅くなりましたが、その節は、ご迷惑をおかけしました」

加瀬は頭を下げた。それを待っていたように、またユキがまばたきする。

勤めていた住宅メーカーをリストラになったのは四十のときだ。

世間の不景気の波に逆らえず、会社が人員を圧縮した煽（あお）りを受けた。十八で入社して、定年まで世話になるつもりでいたが、あっさり放り出された。世の中全体が騒然となっているときでもあったから、社会情勢だから仕方ないと、そのときは受け入れることができた。四十歳以上の社員がほぼ全員同じ目に遭ったのだ、どのみち沈みかけた船に乗っていても先はないと思うことにして、気持ちを切り替えることにした。が、そのまま再就職できなかったことは計算外だ。

年齢がネックなのか、能力不足なのか、キャリア不足なのか、それとも面接下手なのか、いくら応募しても駄目だった。それだけ業界全体に不景気の波が押し寄せていたのだろう。乏しい蓄えは見る間に尽きた。おまけに無職になっても母からの無心（むしん）があった。事情を説明しても納得してもらえず、その都度根負けしてしまう。結局、自分は甘かったのだと思う。さすがに額は減らしてもらったが、これがきつかった。

リストラされた後はアルバイトをしてしのいだが、そのうち家賃の支払いが厳しくなった。篤子は再就職してからでいいと待ってくれたが、その展望もなく、申し訳なくて退去することにした。それが四十二のときだ。今思えば、申し出に甘えていたほうが迷惑をかけずに済んだのかもしれない。

加瀬はアパートを出るとき、篤子と借用書を交わした。

滞納していた家賃は五十万円ほどだった。さらに引っ越し代の五万円も借りた。信用しているから、と篤子は借用書のやり取りを拒んだが、加瀬が懇願して受けとってもらった。

「就職したら金を貯めて、必ず全額返しにきます」

篤子が自分を心から心配してくれていることは承知していた。だからこそ、きちんと約束を取り交わしたい。真面目に貢献した会社にリストラされた挙げ句、再就職の厚い壁に阻まれていたあの当時、親切にしてくれたのは篤子だけだ。

世間でたった一人、篤子だけは自分を認めてくれる。経済的に苦しく、希望の見えない日々で、それは唯一の慰めだった。

結局、工場に拾ってもらえるまで、リストラされてから五年かかった。その間はアパートも借りられず、ネットカフェで寝泊まりしながら日雇いの仕事をした。生きるのに精一杯だった。四十五になると求人もガクッと減り、切羽詰まっていたところ、日雇い仕事で世話になったことのある工場の社長が、厚意で雇ってくれた。

以来、貯金のペースが上がり、毎月決まった額をこつこつ貯め、やっと返済額に達した。

なんでだろうな――。

どうして篤子が、いつまでも自分みたいな何の取り柄もない、アパートのいち住人に過ぎない孤独な駄目男に優しくしてくれるのかわからない。いや、孤独に見えるからか。

さんざん待ってもらった挙げ句、借金を返せなかった。盗まれた、なんて貸し主には関係ないもんな。不可抗力だとしても、それが結果だ。しかも死んでしまったから、もう稼げもしない。生きている間に徳を積んでおかなかったから、肝心なときに最悪の事態になるのだ。

「申し訳ありませんでした」

加瀬は頭を下げた。

「どうして謝るの？」

篤子が首を傾げる。

「滞納していた家賃、返せなくてすみません。この歳になってようやくお金を用意できたんですけど、倒れたときに盗られちゃって――。すみません、こんな話、嘘くさいですよね」

「いいの、いいの。そんなこと、謝ることないわ」

かぶりを振る篤子の顔が一瞬消える。これで何回目のまばたきだろう。途中まで数えていたのだが、もう分からなくなってしまった。

「あんなにお世話になったのに、不義理をしたまま死んですみません」

いくら篤子がいいと言っても、自分の気が済まない。でも。

こんなの、ただの自己満足だよな。

目の前で頭を下げられれば、許すしかないもんな。まして、相手が霊ときている。普通なら、死んでまで会いにきたことに免じて、謝罪を受け入れるよりほかないではないか。

馬鹿だな俺は、最期まで。

「あのお金はね、あなたにあげたものなの」

穏やかな口振りが続く。

「だから返してもらわなくていいのよ」

加瀬は驚いて頭を上げた。

「でも、借用書を交わしましたよね」

篤子は微笑んでいる。

「あなたの希望で結局そうしたけど。返してもらおうとは思っていませんでしたよ。そういうつもりなら、端から出ていってもらうわよ。そのほうが後からお金を返してもらうより、早いもの。こう見えても、わたし厳しいんだから」

最後のところだけ、ちょっと冗談めいた感じで言い、篤子はさらに続けた。

「もちろん、あなたがきちんと返してくれるつもりなのは承知していたのよ。そういう人だとわかっていたし。だから借用書を受けとったの。無下に断れば、せっかく返そうとしているあなたの気持ちを傷つけることになるから」

そうかもしれない。

思えばあの頃は仕事も金もなく、気持ちが荒れていた。家賃を返さなくていいと言われたら、どうせ無理だと思っているんだろうなと、勝手に僻んで傷ついたに違いない。そういう、どうしようもない男なんだ、俺は。

「苦労してお金を貯めてくださったんでしょう？　立派だわ。その気持ちだけで十分」

言いながら、こちらへ手を伸ばしてくる。

やがてユキが喉を鳴らしはじめた。きっと篤子に撫でられて、気分がよくなっているのだ。不思議と中にいる加瀬にも、ユキの陶然(とうぜん)とした気持ちが伝わってくる。

「でも、亡くなったなんてね、寂しいこと。わたしより早く逝ってしまうなんて」

「撫でてくださっているんですね。大家さんの手のぬくもりが伝わってきます」

自分でも不思議だった。

「まあ本当?」

「はい。すごく温かいです」

「そう、よかった」

篤子の落ち窪んだ目に涙が浮かんでいる。

「可哀想に。わたしが代わってあげられたらよかったんだけど」

「そんなことを言わないでください」

「だって、加瀬くんはまだ若いじゃないの。あなたは苦労した分、うんと幸せになっていいのよ。ずっと努力していたものねえ、お母さまにも手を焼いていたのに、ちっとも顔に出さずにお仕事を頑張って。わたしは加瀬くんに、いつも勇気づけられていたのよ」

そんなふうに見てくれていたとは。

周りの同世代は享楽的(きょうらくてき)に生きて、幸せそうに見えた。苦労していることがコンプレックスで、できれば隠したかった。いったん弱音を吐けば、すぐにも足元から頽(くずお)れてしまいかねなかった。顔に出さなかったのは痩せ我慢だ。

「お赤飯のこと、憶えていてくれたなんて。嬉しかったわ」

篤子が優しい声で続ける。

「あれから大好物になりました」

「嬉しいことを言ってくれるのね。また作ってあげたいけど」

「嬉しいな。大家さんの赤飯は本当においしいから。人生で一番の、思い出の味です」

視界が小刻みに揺れている。

ユキがキュッと体を強張らせているのが、何となくわかる。これって、そうか、まばたきを堪（こら）えてくれているのか。

こまっしゃくれた口を利く割りに、優しいんだな。考えてみれば当たり前か。俺って、つくづく馬鹿だな。そうでなければ、霊に体を貸してくれるはずもない。偉くて優しい猫ちゃんだ。

「ありがとうございました」

「こちらこそ。まさか、加瀬くんがここまで訪ねてくれるなんて思ってもいませんでしたよ。そう、まさかですよ、亡くなった後までなんてね。探してくれてありがとう」

借金を返せる目途（めど）が立ったときには、篤子は既にアパートを畳んでいた。その売却費用でこの老人ホームに入ったことは、近隣の不動産会社が知っていた。住宅メーカーに勤めていた当時の知り合いがその不動産会社にいたから教えてもらえ、ここにたどり着けた。

そういう仲間もいたんだよな。思えば、人とそんな関係を結べるようになったのも、篤子のおかげだ。

「大家さんの息子だったらいいのに、とずっと思ってました」

「まあ」

篤子の皺深い目尻から、ついに涙がこぼれ出た。

「だったら、あちらで待っていてちょうだいな。わたしも、そう遠くないうちに行きますから」

「まだ早いですよ。でも、もしあちらで運よく会えたら、またお赤飯を作ってくれますか」

「もちろんよ」

話せたのはそこまでだった。

生きていた頃の心残りが、ゆっくり消えていくのを感じた。

子どものときから苦労して、冴えない人生を送ってきたと思っていた。生きている間ずっと金に苦労して、子どもじみた母親に足を引っ張られてさ。挙げ句、ろくでもない死に方をしたと嘆いていたが、今こうして振り返ってみれば悪いことばかりでもなかった。

篤子に出会えたことはもちろん、晩年にあの工場で働けたことは幸運だった。

生まれてきて、よかったんじゃないかな。やっと、そう思える。

あそこで拾ってもらったから金を貯められたし、工場長が作業着を棺に入れてくれたおかげで、篤子に再就職した姿を見せられた。死んだ時に着ていたスーツには犬のフンがついてしまったから、本当によかった。母の代わりに葬式まで出してくれたんだ。ありがたい話じゃないか。倹約していたから、同僚と飲みに行ったこともなかったのに、葬式ではみんな泣いてくれてたもんな。

十分だ。

死に際に金を盗られたことも、もういい。あいつ、一瞬祟ってやろうと思ったけど、許してやるよ。

ああいう最期を迎えた上で霊になったから、こんなに心が揺さぶられる体験ができた。そう考えればむしろ儲けものだ。

それから、ユキ。

一生懸命まばたきを我慢してくれたおかげで、ゆっくり篤子と話ができた。

ありがとな――。

薄れゆく意識の中、目を貸してくれたユキに、加瀬は最後の感謝の気持ちを告げた。

6

老人ホームから戻ると、桔平が精霊馬の横で待っていた。

「お帰り」

日が長い時分とはいえ、辺りはすっかり暗くなっている。疲れたのか、ユキはキャリーバッグの中で寝ていた。家に着いたことにも気づかず、スヤスヤと眠りこけている。今回も頑張ったもんね。

「行くの？」

「ああ」

「そうだと思った」

玄関先の精霊馬の頭は、千鶴が置いたのを重雄が直してくれたときのまま、頭を家へ向けている。今日は迎え盆で、送り盆にはまだ早い。

それなのに、もう桔平は行くのだ。優しい叔父さんのことだから、もとより長居するつもりはなかったのかもしれない。わたしともユキとも、それだけ別れがつらくなるから。

「加瀬さんは無事に旅立ったみたいだな」

「うん。いい再会になったんじゃないかな」

「そうか、よくやったな。大したもんだ」

桔平が浅くうなずく。

「正直、千鶴には難しい相手かもしれないと思ってたんだよ」

「どういうこと？」

訊くと、桔平はちょっと考える顔をした。

「怒るなよ？」

そんな前置きをして、千鶴の目を覗き込む。

「怒るよ。帰ってきてくれたと思ったら、お客さん連れてきたんだもん」

涙を隠すためにも、千鶴は家にキャリーバッグを運び、蓋を開けた。寝ているユキをソファへ連れていき、リビングへ入ってきた桔平と向き合う。

「……で？」

腰に両手を当てた姿勢で見上げると、桔平は気まずそうな表情を浮かべた。

「おいおい、そんな顔されると話しにくいよ」

「ひょっとして、前科のこと？」

「お、いい勘してるな」

ふん。誰だって気になるわよ。

「まあ、それは嘘なんだけど」

「え？」

「正しく言うと、未遂かな。起訴もされていないから、当然前科もついていない。加瀬さん、アルバイトで必死に貯めたお金をお母さんに盗られたんだ」

加瀬が住宅メーカーをリストラされた翌年のことだという。

アルバイトで食いつなぎつつ、篤子へ家賃を返すため、食費を削って、爪に火を点すようにして貯めたお金。加瀬はいつか手渡しで返すため、現金で持っていた。額は四、五万だったが、留守中に家捜しされ、それを持っていかれたのだそうだ。だって、いくら送金のお願いをしても無視するから、やむなく借りにきただけよ——そんな母親の言い分に到底納得できず、加瀬は取り返しにいった。

そのとき怒りに任せて無理やり実家に入り、怒鳴りつけたら、近所の人に通報され、逮捕されたというのが事の顚末だった。

「それでも、本人としては前科者も同然という気持ちなんだろうね」

「戸を閉められたとかで、窓を割って入ったみたいだからね」

「え」

心臓がどきん、と鳴る。

「お母さんの襟首を摑んでいたところを、警官に無理やり引き剝がされたらしいよ」

「ふうん……」

「怖いかい」

話だけ聞けばもちろん怖い。いくら大切なお金を盗られたとはいえ、実の母親にそこまでするのは、概略だけ聞けばやり過ぎだ。けど、千鶴は加瀬を知っている。彼の苦労や思いを知り、思い出話を聞き、篤子との再会にも立ち会った。

暴力は絶対に駄目だ。とはいえ、加瀬の怒った気持ちは千鶴にも理解できた。腹が立って当たり前だもの。親子でも許せないことはある。いや、親子だから余計に。特に加瀬の場合、無心されるたび誠実に応えていた。それなのに母親は一向に態度を改めなかった。その絶望はいかばかりか。加瀬はむしろ優しい人だ。

「怖くない」

たっぷり間を空けて、千鶴は答えた。

「加瀬さんは真面目ないい人だったよ」

「普通、真面目ないい人は警察に捕まったりしないけどな」

「それは一面的な見方だよ、叔父さん」

人にはいろんな事情がある。「猫語り」の経験で、それが少しわかってきた。抗えない人生の流れや、伝わらない思い。予想もつかない運命。生きていれば様々なことが起きる。

安易に糾弾するような真似はしたくないのだ。人から責められることがどれだけ辛いか、わたしは身に染みてわかっているから。

加瀬と篤子は確かな信頼関係で結ばれていた。お金を無心してくる母親にまとわりつかれながら、必死に生きようとしていた若者にとって、篤子は強力な応援者だったのだ。謂れのない事で孤立無援になった千鶴には羨ましい。身近に寄り添ってくれる人がいる。それは努力しても、中々得られない幸せだと思う。

「わたし、加瀬さんと大家さんの再会を仲介できてよかった」

「そうだね。この仕事の醍醐味だよ」

「それそれ。ちょっと待って。今それを描いてみるから」

千鶴はダイニングテーブルにつき、スケッチブックを広げた。ささっと鉛筆で二枚の絵を描いて、桔平に見せる。

「これ、『猫語り』をする前と後の大家さん」

一枚は、よろよろと杖に縋って歩いているところ。もう一枚は、にこにこと頬をほころばせている朗らかな顔を描いた。

「まるで別人みたいでしょう。加瀬さんと話しているうちに、どんどん表情が変わっていったの。奇跡みたいだった」

「奇跡か」

「うん。普通だったら、まず見られないと思う。そういう場に居合わせることができて、ありがたかった」

自分で自分の言葉を噛みしめた。

「叔父さん。人って、生きているといいことあるんだね」

篤子の姿を見ながら、千鶴はそう感じた。自分を大事に思っている誰かが、亡くなった後にまで訪ねてきたとしたら、嬉しいに決まっている。自分が誰かにとって、そんな存在だったという事実が宝物になる。

「千鶴に頼んで正解だったな。いや、重荷かもしれないけど」

桔平がしみじみとした面持ちでつぶやいた。

「まあね。確かにわたしには重荷だけど、やるだけやってみる。――それを確かめにきたの？」

「違うよ」

訊ねると、桔平は小さく首を振った。

「『猫語り』の終わらせ方を伝えにきたんだ」

終わらせ方という言葉にどきんとした。でも、やるからには、それもきちんと知っておくべきことだと、すぐにわかった。これから、自分では力不足と悟ることもあるかもしれないし。

ぐるぐる考えていると、桔平が説明してくれた。

「千鶴がちゃんと役目を果たせることはもう分かったんだ。さっき、老人ホームまで跡をつけていったから」

「え、そうなの？」

全然気づかなかった。叔父さん、気配消すのうま過ぎ。

「誰にでもつとまる役目じゃないから。負担も責任も大きいし。仲介役を引き受けたはいいけど、やっぱり千鶴の手に余るようなら、手助けしようと思って、陰で様子を見ていたんだ。でも、十分立派にやっていたし、続けてもらえるなら、最後に大切なことを伝えなくちゃならない」

仲介役は「猫語り」を終わらせることができる。

単純なルールだった。仲介役が自分のために一度でも「猫語り」を使うと、ユキは力を失う。我欲(がよく)で霊を呼ぶのは御法度(ごはっと)で、破ればそれきりというわけだ。裏を返すと、仲介役を続ける限り、千鶴が「誰か」と会うことはない。

「仲介役は役目を降りるまで、『猫語り』ができないのか。考えたことなかったな」

なんだか厳しいルールだ。つまり、精霊馬を用意してどんなに待っても、母には再会できない。ますます割りに合わない役目に思える。ただ――。

「ごめんな。昔からの掟なんだよ」

「叔父さんが謝ることないよ。そういうルールなんでしょう」

「そうだ。それでも続けてくれるかい」

遠慮がちに桔平が訊ねてきた。

「うん、続けるよ」

たとえ自分自身のために使えなくても——ただ、あの奇跡にまた出会えるなら。

そう、誰かの役に立てることが今の千鶴の支えになっている。大事な人を喪（うしな）った後も人生は続くし、独りぼっちで泣いていても、世界はいつも通りに動いていく。そういう現実を生きていくしかないのなら、最後の再会の橋渡しをすることで、幸せな涙に触れたい。それが自分のことも救ってくれる気がする。頑張っている姿を、どこかで母が見守ってくれているならそれでいい。いつか千鶴も旅立つ日が来れば、そのときまた会える。

玄関先に出て、精霊馬の向きを変えた。

「じゃあね」

「今度こそ行くよ。これからも頑張れ。頼んだ。ユキのこともどうかよろしく」

「うん。大丈夫」

行くよと言いながら、桔平は次の言葉を探すような顔をしている。

たぶん、仕事のことを心配しているんだろう。姪思いの叔父さんだから。絵を辞めてどうするのか訊きたいのだ。

千鶴は自分の中で一番の笑顔を作った。

「本当に大丈夫だよ。わたし、叔父さんの家で暮らすようになって、子どもの頃の気持ちを思い出したの。近頃は絵を描くのが楽しいんだ」

「そうか」

ほっとしたように頬が緩む桔平を見て、千鶴はもう一度、さっきより大きな笑顔を作った。

楽しいと言ったのは、半分は本当で、もう半分は強がりだ。絵を描くのは、まだどこか怖い。一人でキャンバスに向かっていると、ネットで中傷されたことを嫌でも思い出すから。油断すると、誰も味方なんていないと痛感した、当時の暗い気持ちに取り込まれそうになる。だからまだ、イラストレーターの仕事を再開できる気はしない。それに、再開したとしても、注文があるかどうかわからない。一度失った信頼を取り戻すのは厳しいこともわかっている。

でも、ここにはユキがいる。仲介してほしいと、切なる願いで訪ねてくる人がいる。その人のとびきり幸せだった思い出話を聞くと、我知らず鉛筆を動かしている。そのおかげで、わたしはやっぱり絵を描きたいんだな、と気づいた。

「さっきの絵、仕上げたら大家さんに届けるんだろ？」

「そのつもり。大家さん、あの絵を楽しんでくれているみたいだったから」

「喜ぶだろうな。千鶴の絵は温かいから。眺めていると、元気になる」

「本当に？　嬉しいけど、温かく見えるとしたら、思い出そのものが持つ力のおかげじゃないかな。わたしはただ、皆さんの語る話を受け止めて、絵にしているだけだから」

「だとしても、描き手に受け止める力がなければ、いい絵にはならないよ。千鶴の絵が温かいのは、その人の語る思い出話を尊重して、熱心に耳を傾けているからだろう。その真摯さがちゃんと絵にあらわれてる。自信を持つといい」

桔平は千鶴の肩に手を載せた。

感覚はなくとも、胸にじんときた。

わたしにも応援してくれる人がいる。孤立無援なんかじゃなかった。

「ありがとう」

前に霊としてあらわれてくれたときも、その言葉で見送った。

そのときも二度と会えないと思ったけれど、今度こそお別れだ。死んでから二度も姿を見せてくれたけど、いよいよ桔平はこの世から完全に消えてしまう。そのことが肌感覚でわかった。

桔平が片手を上げた。

絵がうまくて格好よくて、大好きな叔父さんがいなくなる。

声にならない。涙がこぼれそうになったけど、いい具合に夕風がさらってくれた。ここで泣いたら心配させちゃうもんね。辛抱しないと。ぐっと奥歯を嚙んで、でも頑張って唇の両端は上げたままキープする。

玄関の戸を内側からしきりに引っかく音がした。

「にゃあ」

ユキの心細そうな声がする。できれば、別れに立ち会わせたくなかった。

戸を開けて、「大丈夫だよ」と話しかけて、前を向いたら、もう桔平はいなくなっていた。気配も残っていない。

やっぱりね。

それとわからせないように消えるなんて、本当、叔父さんらしい去り方だ。素っ気ないようで、優しい。自分からは踏ん切りがつけられそうにない、千鶴のことをよくわかっている。

戻ると、ユキがちょこんと三和土(たたき)にいた。

「んー」

しょんぼりと千鶴を見上げて鳴く。

そっか。ユキもわかってるんだね、叔父さんが消えちゃったこと。小さな体で寂しさに耐えているのがいじらしく、抱き上げようとしたら逃げられた。

これも、やっぱりね。そう来ると思った。でも、それが嬉しい。自分が変わろうとしている中で、すぐ傍に変わらない存在がある。そのことが今は心強かった。

その晩、ユキは家の奥に隠れて寝た。夜更けまで待っていたけれど、千鶴のところへ甘えにくることはなかった。

明け方。

目を覚ますと、枕もとにユキがいた。こちらにお尻を向けて丸くなっている。いつの間に来たのか、くうくう寝息を立てている。

「ユキ」

名を呼ぶと、耳がぴくりとした。

「ユキってば」

でも振り返ろうとはしない。尻尾の先を持ち上げ、お義理にひと振りしてみせるだけ。こういうところが生意気なのよ。これからはわたしが飼い主なんだからね。そう思いながら、背中をポンポンしてみた。

「ンニャッ」

何するのよ、と言わんばかりの抗議の声を上げ、ユキがやっと振り返った。

「おはよう」

挨拶しても無視。

もう、可愛くないな。

落ち込んでいるのは千鶴も同じ。だったら、似た者同士、仲良くしようよ。これから二人で一緒に暮らしていくんだから。たぶんユキもそう思ってくれてるはず。千鶴に添い寝しているのがその証。

それにしても……せめて顔を向けなさいよね。

「もう本当の本当に二人きりなんだからね」

こちらに尻を向けているのは少々不満だけれど、すぐ手が届く位置にむくむくのお尻があるのは嬉しい。ほんのり甘い匂いの毛に顔をくすぐられながら、気持ちよく二度寝に入りかけた頃——、例の音楽が流れてきた。

はいはい、起きます。

千鶴は苦笑いした。今はもう、この時間に起きることがすっかり体に刻み込まれている。さあ窓を開けて、新しい風を入れて、一日を始めよう。カーテンを開けると、眩しい日射しが差し込んできた。ユキが目を細め、欠伸する。

Tシャツに着替えて顔を洗い、外へ出ていくと、知らない女の人が立っていた。重雄の家の前でうろうろしている。

「おはようございます」

こちらから声をかけると、品のいい仕草で会釈を返してくる。

ええと。知っている人だったっけ。さらりとした素材のワンピースに身を包んだ、初老の女性に見覚えはなかった。近所の人だろうか。話しかける前に女の人は立ち去った。その後ろ姿を見て、はっとする。足がわずかに浮いている。

ユキに会いに来たんじゃなかったの――？

千鶴に見えるのだから、そのはずだ。なのに何も言わず行ってしまった。

そこへ、隣の家から重雄が出てきた。

「おう」

――ひょっとして。今の人、重雄に会いにきたのかもしれない。きっとそうだ。根拠はないけれど確信に近い思いを抱いた。だって、今はお盆だから。あの人は重雄が置いた精霊馬を頼りに隣りの家を訪ねてきて、ユキの声に気づいたのだ。それで足を止め、この家の前に立っていたのだろう。もしかすると、後でお手伝いすることがあるかな――。

「どうしたんだよ、鳩が豆鉄砲を食ったような顔して」

事情を知らない重雄が言う。

「それって、どんな顔なんでしょうね」

実際に見たことがある人はいるのだろうか。

「さてなあ」

「子どもの頃は、豆を食った顔だと思ってましたよ」

「そりゃあ、鳩が喜ぶだけだな」

重雄が笑う。そうそう、今みたいな顔のことだと勘違いしていたっけ。

「豆といえば、千鶴ちゃんは餡団子好きかね」

「はい。大好きです」

素朴な餡子菓子はお腹にもたれなくていい。

「だったら、後で家に来なさい。たくさん作ったから一緒に食おう」

「すごい、手作りですか？」

「ちゃんと手を洗ってから作ったぞ」

「そんな心配、してませんよ」

千鶴は可笑しくなって、声を上げて笑った。

まったく、もう。強面なのに気遣いが細やかで、ありがたい。

「でしたら、お言葉に甘えて伺います。お団子に合う、とびきり渋いお茶を持参しますね」

「そうかい。じゃあ、口が曲がらないくらいのやつを頼むよ」

こうして笑顔を浮かべる重雄にも事情はある。

そう、誰にだってあるのだ。自分だけが事情を抱えているわけじゃない。辛い思いをしても、近しい誰かと一緒なら笑い合える。だからといって、胸の傷が癒えるわけではないけれど希望はある。千鶴はそのことを少しずつ学んでいる。

この作品はフィクションです。実際の事件、実在の人物、団体等には一切関係ありません。双葉文庫のために書き下ろされました。

双葉文庫

ま-25-5

猫(ねこ)の目(め)を借(か)りたい

2023年2月18日　第1刷発行

【著者】
槙(まき)あおい

【発行者】
箕浦克史
【発行所】
株式会社双葉社
〒162-8540 東京都新宿区東五軒町3番28号
［電話］03-5261-4818(営業部)　03-5261-4833(編集部)
www.futabasha.co.jp(双葉社の書籍・コミックが買えます)
【印刷所】
中央精版印刷株式会社
【製本所】
中央精版印刷株式会社

【フォーマット・デザイン】
日下潤一

ISBN978-4-575-52641-7 C0193
Printed in Japan

双葉文庫　好評既刊

晴れた日にかなしみの一つ

上原隆

新婚の息子をひき逃げ事故で亡くした父親、希望退職を迫られた会社員が胸にしのばせるお守り、アルコール依存症の母親を許せなかった息子の後悔、夭折した部下に元上司が送り続けるファクス……。〝普通の人々〟が心の中に持つ特別なドラマ。人は苦難に陥ったとき、何を心の杖として立ち上がるのか。暗闇に希望の灯りがともる瞬間を切り取った珠玉のノンフィクション・コラム。